攝記追蹤之

真相

馮志康 著

獻給我摯愛的太太

阿燕

攝記追蹤之真相

作者／馮志康

總編輯／馬鎮梅

責任編輯／王心靈

協力編輯／伍詠慈

美術設計／何雋

出版發行／突破出版社

香港沙田亞公角山路 33 號突破青年村

電話：2632 0000　傳真：2632 0388

電郵：breakthrough@breakthrough.org.hk

網址：http://www.breakthrough.org.hk

http://www.btproduct.com

承印／亨泰印刷有限公司

2010 年 3 月初版 1 刷

The Story of an Investigative Photojournalist: The Fact Behind

by Fung Chi Hong

First Printing, First Edition, March 2010

ISBN 978-962-8996-82-7

本書採用環保油墨印刷

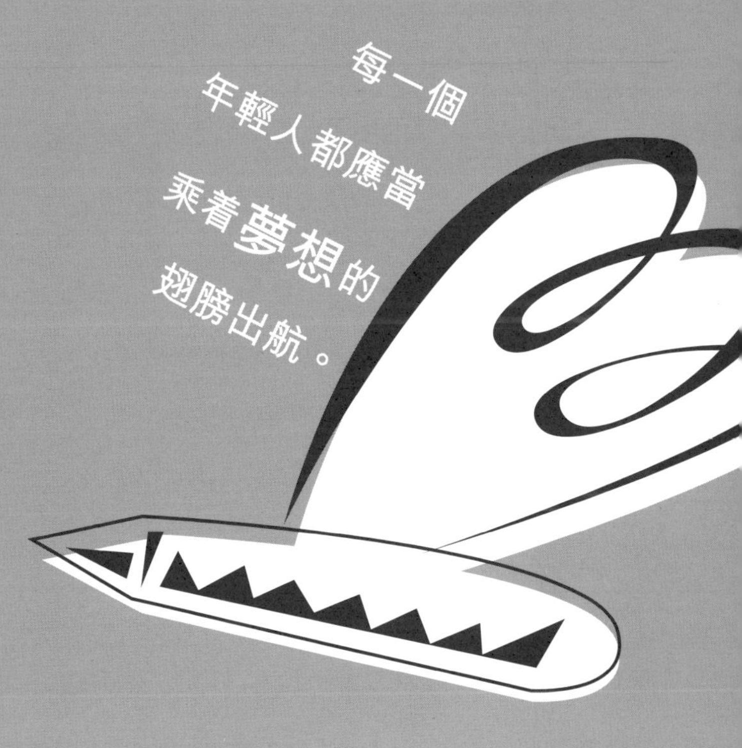

飛翔專號

目錄

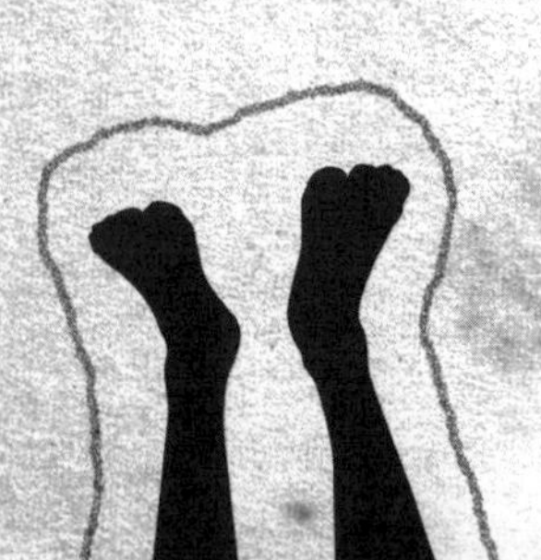
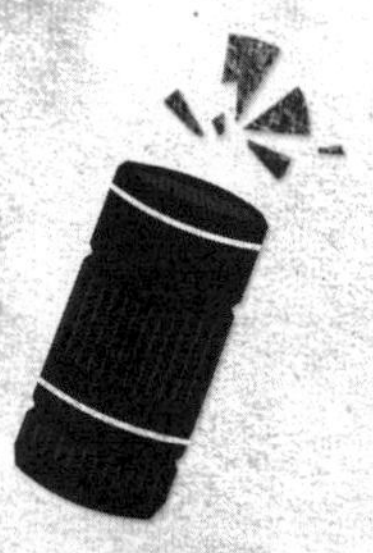

青年為情跳樓，
調查結果就是真相？

飛人的死因

1

散滿一地的玻璃碎片，襯托着幾個橫卧的酒瓶，在霓紅燈映照下閃着微光。行人路旁一名十來歲的青年用紙巾按着右前額，鮮血染紅了雪白的紙巾。幾個頭髮顏色各異的男女在四周踱來踱去，對着手提電話説個不停。

沒有警察，沒有行家……猶疑了兩秒，我將照相機放進攝影袋。

推開車門以前，深呼吸一下。

頭髮顏色各異的男女看見我從採訪車步出，都將目光集中過來。此刻，我真想把白色採訪車身上鮮紅色的「世紀日報」幾個大字抹掉，也想請了病假的突發組夜更拍檔超強如常上班。

我向傷者走去，他們向我走來。在距離傷者約十米處，我停下腳步，他們也停下來。

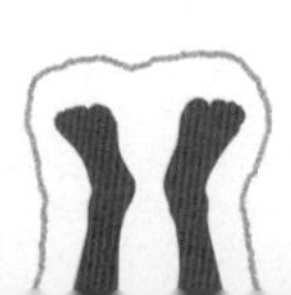

他們陸續收起手提電話，像電影中的定鏡，大家都沒有動。

怎麼警察還未到？其他行家也未到？

我慢慢地探手打開攝影袋。

「你別亂來，否則打爆你的頭！」一個紅髮的男孩向我大叫。雖然相隔一段距離，但濃烈的酒氣仍撲鼻而來。

看着路旁頭破血流的青年人，聽到有人要打爆我的頭，感到有點啼笑皆非。小心翼翼地放開摸着攝影袋的手，我轉身往採訪車走回去。

「算你醒目！」一個頭髮染成紫色的女孩以沙啞的聲音説完，便帶點誇張地將燒了一半的香煙放在深紫色的嘴唇上；她的指甲也是紫色的，是介乎頭髮和嘴唇間的紫。

跳字錶顯示時間是半夜一時十三分，距離「坐堂」同事通知我尖沙咀寶勒巷有人打架只有三分鐘。是剛換夜更第一晚的第一件工作，似乎是個不好的開始。

頭髮顏色各異的男女見我折返採訪車，臉上露出勝利的表情，那不是笑容，我似乎在他們臉上看到：「你這不知好歹的傢伙！」

回到車廂，我不慌不忙地將照相機從攝影袋取出，換上 80-200mm 長焦距鏡，同時裝上閃光燈。

汽車的收音機播出由鄭敬基和黃寶欣合唱的《酒杯敲鋼琴》，想起這歌詞常被人戲謔為「酒樽敲爆頭」，我連忙把音量調低，以免這班青年人再受刺激。

儀表板上的跳字鐘按着既定的規律轉變，我心中盤算着它轉變多少次後警察或行家才會出現。

警笛聲從遠處傳來時，跳字鐘顯示着一時十七分；當它由十八分變成十九分，兩男一女的警員剛好出現。

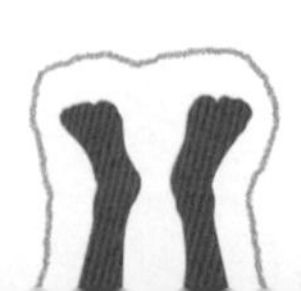

「是否有人報警？」其中一名男警員環視四周後，機械式地發問。

我慢慢推開車門。

「我們被人襲擊，他的頭給打破了。你們警察來得比蝸牛還要慢！」鮮紅色頭髮的女孩指着路旁受傷的青年，尖聲嚷道。

我下車，輕輕把車門關上。

發問的男警員向傷者走近。

我緩緩地把食指從照相機的握手位置移至快門。

又一陣急速的警笛聲從遠而近傳來。

我輕輕地向右移了一步，在不驚動任何人的情況下，這移動已是極限。

男警員彎腰湊近受傷的青年。

我急忙蹲下同時舉起照相機，按下快門，閃燈的強光射在警員和受傷的少年身上，一連串的粗話跟新一輪的警笛聲互相爭鳴。

「你們幹什麼？」另一名身量較高大的男警察向兩個朝我衝來的少年喝問。

「快把膠捲交出來，我沒准許你拍照！你侵犯我的私隱……」其中一個金髮的還未把話説完，一連串的閃光燈把他的話打斷了。

「你們不要再拍了！」金髮少年把頭縮進外套裏，以免被幾個剛與救護員同時趕到的行家攝入鏡頭。

救護員向受傷的少年問了幾道問題，便以熟練的手法為他包紮，並迅速地送上救護車。其他的少年想走近又怕被攝入鏡頭。

傷者被抬進救護車時，我和幾個行家再拍了幾張照片。

金髮少年仍在跟警員理論，雖然個子不及警員高

大，但他仍把臉湊到警員下巴，張大嘴巴叫嚷：「我有權不讓他們拍照！我要拿回拍了我的膠捲！」右手邊說邊在空中揮動。

「他們有權在公眾地方拍照，膠捲是私人財產，我無權向他們要。」高個子警員絲毫不動，以沒變化的語調回答，但眼神帶着不可侵犯的凌厲。

金髮少年尚未罷休，把臉向警員貼得更近：「你無權就讓我自己……」

高個子警員沒等他說完，就向左移開兩步，向眾人詢問是誰報警，但沒有人理會。

「剛才發生什麼事？」女警開腔問紫色嘴唇的女孩。

女孩以塗了紫色指甲油的手指，向門口很小的一間酒吧指去，說：「我們剛才在裏面喝酒，一出來就被幾個人追打。我們都不認識那些人。」

「這麼晚還不回家？明天是星期一，不用上學嗎？」高個子警員皺着眉頭問。

「警察哥哥，你也懂得說明天是星期一，今天是星期日，我們在假期出來玩玩沒犯法吧？」紫色女孩說。

「有沒有跟人爭執？有多少人打你們？他們穿的是怎樣的衣服？」高個子警員問。

「我們只是出來聊天，沒有跟人爭執。好像有五個人吧，當時很混亂，不太清楚他們穿什麼……」

「肚子餓嗎？」《正報》的阿昌走近我身邊問時，我正把閃光燈從照相機拆下，放進攝影袋。

「剛吃過東西，不餓，想再多留一會。」我把攝影袋放在採訪車司機旁的座位上。

「我很肚餓啊！普通的醉酒鬧事，沒什麼的，一起吃點東西吧。」《今日快報》的阿佳一臉饞嘴的樣子。

《都市快報》的阿光很認同地點頭。

「我不去了，你們去吧。我跟你們一起走，我會停在碼頭那邊。你們吃完過來找我吧。」

阿佳說得對，是一宗普通的醉酒打架，拍到的照片已夠用。但假如我不離開的話，他們也逼着要留下，行內的競爭愈來愈激烈，老闆每天拿着各家報章比較，若發現人家有而自己沒有的新聞，哪怕根本是沒有新聞價值的瑣事，大家都得捱罵。所以，我們這班同業在採訪現場都儘量共同進退。

金髮少年看到我們返回採訪車，正欲離去，他又大叫大嚷：「你們快把膠捲留下！」

大夥兒都沒有理會，各自發動汽車引擎。我從後視鏡看到金髮少年仍在指手畫腳。

2

離開寶勒巷，經漆咸道南駛入金馬倫道，再沿加拿芬道轉入彌敦道，夜半的彌敦道沒日間般煩囂，但滿街的霓虹燈幾乎把午夜照亮如白晝，又是另一番景象。我享受着暢通無阻的快感。

本能地在一組交通燈亮起紅色時踩在煞車腳踏板上，一輛白色私家車高速而至，在我的車子左邊急忙停下，發出一陣煞車聲，停的位置恰到好處。忽然一種熟悉的親切感湧上心頭，不期然向司機座位看去，那是一副陌生的面孔。

把車停泊在尖沙咀碼頭，剛才那份熟悉的親切感化為一陣孤獨，令我想到峰一個人在醫院病牀上的孤獨，也感受着失去了與峰並肩作戰的孤獨。

連續下了差不多一星期的雨，今晚天朗氣清，一切像被洗刷過，對岸的夜景特別清澈。我將空調關

掉，把車門的玻璃窗降下，讓維多利亞港吹來的晚風抖擻一下精神，擋風玻璃卻像投射屏幕，將峰遇到的交通意外重播——

前頭的貨車掉了東西下來，峰閃避不及，掉下來的東西捲進車底，火花不斷，車子帶着火焰躍起……

峰躺在醫院已經四個月了，他會醒來嗎？我問過自己很多次，問過醫生很多次，也當面問過峰很多次。對我來説，這是相信與否的問題，那是在事情未發生前的個人意志，與事實無必然關係。我意志上選擇相信，雖然有時我無法控制令人討厭的胡思亂想；對醫生來説，這是醫學上無法確定的問題，所以最近我沒有再問醫生。對峰來説呢？每次我都定睛在他臉上，肯定不會錯過任何極微小的動靜，可他就是不給我答案。

電話鈴聲把我從沉思中喚醒，夜更「坐堂」肥文以一向不疾不徐的語調說：「阿康，花園街有『空中飛人』，你去看看吧。」

「花園街哪一段？」我隨即發動引擎。

「稍等。」耳筒傳來無線電監聽器若隱若現的聲音，肥文說：「應該不是波鞋街，是白天有攤檔擺賣的那邊。」

我再沿着彌敦道飛馳，心中盤算着距離最短的路線和停車的位置。

3

今晚交的是好運還是噩運？剛才難得較警察早到，卻幾乎被打爆頭；這回卻是緊貼着警車一同到達。

警車前停泊着《正報》、《今日快報》和《都市快報》的採訪車。他們三人不是去了吃夜宵的嗎？為什

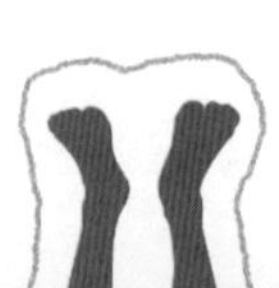

麼這麼快？該是他們剛巧跑來旺角找吃的吧。

前面警車的門已打開，我關掉汽車引擎，右手打開車門，左手拿起攝影袋，感覺跟前面兩個警察同步踏上行人路。

隨手關上車門，我向着有閃光燈的方向跑去。基於心態不同，假如我跑得慢，可能什麼都拍不到，後果較嚴重，但警察在這類事情上跑慢一點也沒大不了，結果我較他們快了幾秒。原來已有救護員先來一步，阿佳和阿光等正聚精會神地拍照，我也開始工作。

從照相機的觀景器看到，墮樓的應是男性，鮮黃色的襯衫，窄身黑色長褲，左腳上的黑皮鞋飛脫在約一米外。地上的血迹不多，但傷者看來已失去知覺。

他伏在地上的右手和左腳都有點不正常的扭曲，從衣着和身量看來，該是個年輕小伙子。怎麼今晚年輕人都跑了出來？喝酒打架都算了，為何連性命也不顧？

他墮地的位置剛好在街燈明暗之間，上身落在較暗處。我把光圈轉到最大，快門調至八分之一秒，同時減低閃光燈的輸出，讓明暗間的差距保持下來。希望藉此強調這小伙子在生死之間的選擇，加深讀者對生命的反思。

警察開始拉起封鎖線，我們得往後退。

我以勸喻我們退後的警察作前景，以廣角鏡拍下現場環境，連掛在天空圓圓的月亮一併攝進鏡頭內。「今晚是農曆十五麼？」拍的時候，我心中問。

道路兩旁皆是約十層高的舊樓，本來漆黑一片的窗戶，陸續明亮起來，還有不少住戶向外探頭張望。可能是下了幾天雨，今天難得放晴，不少單位外正晾曬的衣服，在微風中輕輕飄揚。

「救護車剛離開，編號 A89。」傷者被抬上救護車

後，我打電話回報館。

「你留在現場吧。醫院那邊，我再安排人手。」肥文的聲音似在吃東西。

我想問他在吃什麼，卻見一個警察在一幢大廈的天台出現，還探身向街這邊張望。我連忙掛斷電話，舉機拍攝。

警察所處的大廈天台向着剛才傷者墮樓的位置，他就是從那裏跳下來、被推下來或拋下來嗎？這要待警方完成調查才會有答案。當然，這是警方的答案，是否事實的真相呢？只有他自己或幹這事的人才知道，但我們都傾向相信警察的調查結果。

調查需時多久呢？很難說得上，有時只需幾分鐘，有時是幾天，有時是幾星期，甚或幾年，當然也有無了期的。作為記者的我，往往只能等待。而這種等待對我來說只是工作上的，下班以後，事情可能還在調查中，但我卻不會等待，直到上班而剛巧再遇上要採訪這案件，我又會進入等待中。這真是一種奇怪的狀態。

「希望是自殺吧。」《今日快報》的阿佳按下照相機的回捲按鈕，發出吱吱的聲音，待回捲完成，再裝上新的膠捲。

自殺讓一切變得簡單，我們心裏都明白。但我儘量對天災人禍或眼前這類新聞不帶任何想法。雖然動機都很簡單，就是可以早點完事或能拍到好的照片，但那想法本身卻是自私和邪惡的。

期望一個年輕生命自尋短見，無論基於什麼原因，總令人無法接受；不過，期望他被殺卻好不了多少，除了對那被殺者冷血無情，還帶着對人性兇殘醜惡的設想，令人毛骨悚然。

兩旁舊樓的燈光逐漸減少，除了地上的血迹、孤

伶伶的一隻鞋和幾個來回踱步的警察，四周跟事件發生前沒有兩樣。

深夜的花園街跟白天很不一樣，街道兩旁的攤檔消失了，顯得格外寬闊，一種置身別處的感覺。縱然路牌在昏暗的燈光下，仍清晰地讓人看到花園街幾個字。

行家有一句沒一句的閒聊。肥文來電時，《都市快報》的阿光談及最近到珠海採訪塌樓意外，被公安沒收膠捲的事，幸好他把最重要的藏在鞋內。

「阿康，剛才墮樓的青年救不活了。你那邊情況如何？」肥文把一句話分開兩段來說，我猜他在喝東西。

「仍在等，不知會否有簡報。」

說時遲，那時快，一名身穿淺藍色短袖襯衣的中年男人走到我們面前，說：「我是旺角警區趙建忠督察，根據初步調查，剛才的墮樓事件並無可疑。我們在這大廈的天台發現一些啤酒罐，和一封相信是當事人留下的遺書。」

阿佳的期望實現了。

趙建忠督察停頓了一下，似在等待記者發問，但行家用眼神代替了言語。他續道：「從遺書內容看來，是涉及感情問題。」

「是哪方面的感情問題？」

這問題反而在督察意料之外，他想了想才道：「遺書沒有寫清楚，詳細情況有待進一步調查。」

「有沒有墮樓男子的身分背景？」

「墮樓男子姓陳，22 歲，我們在他身上找到一張本地大學的學生證，相信是一名大學生。」

「是哪所大學呢？」

趙建忠督察猶疑了兩秒，道：「理工大學。」

「他是這幢大廈的住客嗎？」

「經過初步調查，他並非居於上址。」

「那他是否住在附近？」「是否聯絡上他的家人？」「是否肯定他是自殺而不是醉酒失足？」「遺書的內容怎說呢？」「他有沒有精神病紀錄？」

趙建忠督察沒理會這一連串問題，逕自走進大廈。

警方證實是自殺，一切都變得簡單，我們不用留在現場等待警方無止境的調查。

「喂，肥文。」我給報館打電話。

「嗯。」

「警方證實是跳樓自殺，沒有可疑。」

「嗯……知道自殺原因嗎？」

「你又在吃東西了？」奇怪，肥文怎麼整晚都在進食？

「今晚特別餓，我在吃杯麪。不好意思……是什麼原因自殺呢？」

「警方找到遺書，似乎是為情自殺。」我忽然也想吃杯麪。

「你先回來沖印膠捲吧。」在我掛斷前，肥文追問：「拍到什麼照片？」

他可能將太多注意力放在食物上，剛才一直忘了問，我心想。

「拍到死者倒在地上，救護員在旁施救。」

聽到肥文囑我先回報館，我才發現原來天已開始亮了。天空泛着魚肚白，離開前，我以廣角鏡為現場再拍了幾張照片。

飛人的死因

我失控地哭，
無法擺脱憤怒……

告別戰友

1

一星期披星戴月、日夜顛倒的日子終於過去了，陣陣的飯香把我從睡夢中喚醒。原來叫醒一個人不一定要靠鬧鐘這類令人討厭的設計，能發出香氣的喚醒器或許是一項劃時代發明。

沿着飯香來到廚房，雪櫃沒有任何現成可吃的。香氣原來是從鄰居的廚房傳來，似乎有豉油雞或豉油雞翼，還有臘腸。

扭開煤氣爐，將易潔鑊放在爐上，從雪櫃取出最後一個雞蛋和新買的片裝火腿。待鑊加熱後，倒少許生油，油遇熱而發出嗞嗞的微聲，我將雞蛋打破，蛋白混着蛋黃落到鍋上，發出啪啪的響聲。

蛋白由透明變成白色，我拿出今晨回家路上在便利店買的麪包。記得小時候，這類條裝麪包總由兩塊麪包皮在兩端夾着，我、哥哥和妹妹都不喜歡吃，每

次都是媽媽把它們啃掉。不知何故，我最近竟愛上吃麵包皮，但現在的條裝麵包不一定都有。昨晚買的這一包就沒有，我問看來不到二十歲的便利店女店員，她說有麵包皮的銷路不好，他們沒有入貨。臨離開前我告訴她應該有人喜歡吃麵包皮的，我就是其中一個，希望她向老闆轉達，考慮一下入貨。

煮好雞蛋，我再將火腿下鍋，發出較剛才更大的啪啪聲。平滑的火腿沒兩下子就變皺了，傳來陣陣肉香。

不知道是誰發明腿蛋治，還是發現腿蛋治？無論如何，雞蛋和火腿的味道配合得天衣無縫。世上不同的東西背後總有某種牽連似的，當人們將兩者連在一起時，便會出現一番新景象，叫人感到興奮。這是今午我在腿蛋治中發現的道理，我想着，很多偉大的發明和理論都是從生活小節中獲取靈感吧。

一對互不相干的男女，由相識到結婚，是否也是一個預設了的牽連逐漸被發現，且按着既定安排發生的一件事情？還是個人有權選擇和創造未知將來的過程？如果是前者，那現代社會離婚率上升，是否因某種牽連在某個特定時空停止了？還是這牽連其實是錯的，真正的牽連尚未被發現？

火腿和雞蛋的味道會否有一天不再合襯？品嚐腿蛋治的美味時，我想着它們或有一天會消失，感到有點掃興。打開電視，午間新聞剛開始，頭條是中國重申擁有釣魚台主權，反對日本在該處水域範圍作任何形式活動。

電話鈴聲響起，討厭它破壞了我的私人時間。我放下手中的腿蛋治，把仍在口中的部分吞進肚子，同時調低電視機的音量，提起話筒，儘量調節聲線不讓對方察覺到我的不耐煩。

「阿康，你在哪裏？」攝影部主任盧傑慣常的開場白。

「我今天放假啊！」我提醒他。

「我知道。剛收到《明正日報》行家的通知，阿峰的情況有點變化，所以通知你。」

「什麼變化？」

「現在還不太清楚，我想最好你自己去看看。」

「好的！」沒待盧傑回應，我就掛上電話。

我不知道為何我們當記者的，一個簡單的消息也傳遞得像狂風吹散的拼圖，七零八落。什麼叫做「情況有點變化」？不能問清楚一點嗎？究竟峰發生了什麼事？他甦醒了嗎？

不對！如果甦醒了，消息不會如此含糊吧。必定是出了什麼問題！峰是否已經……盧傑不知怎樣開口，才故意説得含糊？

我匆匆換上衣服，出門前瞥見剩下的腿蛋治，隨手拿起，跑進廚房取了個保鮮袋就出門。

在升降機門快要關上時，我用腳把它擋着，側身入內。升降機門不懂分辨我已經進入，按設計者既定的程式重新打開後，才接收我不斷按關門鍵的指令，再次把門關上。

我向升降機內的太太説了一聲對不起，她沒有回應。身穿校服緊靠在這太太大腿的小女孩，用她又圓又大的眼睛，看着我小心翼翼地將腿蛋治放進保鮮袋，她的表情介乎想吃與好奇之間。

2

登上的士後，我撥電話給《明正日報》的清兒，她是峰的同事兼好友，行內少有的女攝影記者。清兒

亦不知道峰的情況，她同樣正在趕往醫院途中。

星期一下午的醫院有點冷清，從踏進醫院門口至走到峰的病房，只見幾位護士走過，且她們都似在散步閒聊，好像病人一下子都消失了。

這幾個月來，每次推開病房的門，都會看見他安靜地躺在牀上。我深呼吸一下，告訴自己今天的一切跟平時沒有兩樣，阿峰該也一樣。

推開病房門，峰弟弟背着門安靜地坐着，他聽到推門聲而回頭。這幾個月來我們只相遇過一次，因着大家作息的時間不同，來訪的時間也就不一樣。

看到峰弟弟平靜地坐着，我的心安定下來。走近牀邊，峰跟平時一樣躺着，只是面色較前幾天蒼白。

「你好。」我跟峰弟弟打招呼。

「你來了。」雖然只有三個字，但我沒來由的感到有股寒氣。今天房間的溫度好像比平時低了，是我未適應嗎？

「聽到峰的情況有點變化，我便立即趕來。現在看到他，我就放心了。」我兩手不期然地摩擦了幾下，自製一點溫暖。

「你還好嗎？」我問。

峰弟弟沉默下來，他的目光又回到峰的臉上。

「不用擔心，你哥哥一定會醒過來的。」我把左手搭在他的肩頭上，才看見他的眼睛滿布紅絲。

「我來的時候，跟你一樣，看到他躺着，以為他跟平時一樣。醫生説，哥哥已經離開世界了。」峰弟弟用力地按壓着情緒。

「你説什麼？」

「今天中午，哥哥的情況急轉直下，醫生已經盡了力……」他開始嗚咽起來。

「怎會這樣？怎會這樣？怎會這樣？」我激動地大叫，且不受控地重複自己的話，就像在電影或電視上看到的。

「一定是醫生弄錯了！」我伸手輕按峰頸部的大動脈……

「我問醫生為何會這樣，他說不能確定。如果我同意，可以解剖查找死因。」峰弟弟帶點抽搐的道。

峰的動脈沒有絲毫動靜，我的眼淚不由自主地流下來。

「昨天我來時，他還好端端的，我還告訴他……」他的聲音愈來愈小，開始喃喃自語。

我發現自己將手放在峰心臟的位置，用力的按下。

「請你不要這樣！」峰弟弟連忙阻止我，道：「我全都做過了，沒用的。我答應醫生不會亂來，他才給我一點時間跟哥哥……道別。」

我的腦袋一片空白，失去所有意識的那種空白。我無力地蹲下，開始不自控地哭起來。我自覺應該冷靜一點，說些話來安慰好友的弟弟，但我不能自已。

這幾年跟峰一起採訪的片段，排山倒海似的湧出來。有些幾乎忘掉的記憶，忽地歷歷在目。

腦海浮現出入行不久，我第一次遇上峰的片段：那天一名英軍在訓練時墮山坡受輕傷，可能是沒太大新聞價值，所以沒太多行家，我第一個到達現場，把英軍被救的過程拍下來，誰料遭到一名軍官留難，更要沒收膠捲。

第一次遇到這種場面，加上對方是英軍，我一時不懂處理，正感無助之際，峰出現了。他向軍官表示他們無權沒收我的膠捲，但那軍官不理會，還要求在場警員協助，峰向警員據理力爭，要求對方致電警區指揮官。最後，指揮官透過電話向軍官說明，根據香

港法例，膠捲屬我的私有財產，他無權沒收，那軍官才肯罷休。

除了感激，我當下就覺得這個行家好厲害，面對警察甚至英軍也絲毫無懼，我心裏立志要當一個這樣的記者。

眼前的峰因長時間躺臥而顯得有點肥腫，跟第一次見他時那份英偉相差很遠。只是，我以後也沒有機會跟峰一起採訪，沒有機會見面，沒有機會聽到他的聲音，一切都將消逝，我將跟峰完全隔絕。

我的心揪作一團，感到一陣絞痛。

我仍然極力爭取奪回腦袋和情緒的主權，握緊拳頭，好讓自己仍感受到對身體擁有控制權。腦袋似乎不甘示弱，它告訴我一定是醫生和護士照料的過程出了問題，在我採訪生涯中也遇過幾趟醫療失誤。

「一定是人為錯誤，一定要有人負責！」我握着拳頭的右手打在牀邊。

我心中有一團火在燃燒，整個人變得憤怒，耳畔彷彿聽見：「是那貨車司機！假如不是他疏忽，峰就不會死，一定不能放過他！」

帶着一股不吐不快的力量，我又在牀邊重重地揮去，希望能將那力量釋放出來。我的眼睛無意識地落在峰蒼白的臉上，腦袋再次向我說：「你以後不能再見他，無論你說什麼他不會有反應，你再沒機會和他並肩採訪，你們將永遠隔絕——是永遠的隔絕！」

我軟弱無力地伏在牀邊，哭了……我真的在哭，且哭得力竭聲嘶。

怎會這樣，我怎會如此失控？如此脆弱？我見過多少生離死別，卻從沒哭過啊！

腦袋仍舊不受控地將我和峰一起採訪的片段傾倒出來，無數的遊行示威、劫案、兇殺案、記者會、警

民衝突時一同捱胡椒噴霧……

那是一次圍村居民與警方的衝突，村民使出「屎尿陣」，我們要走近拍攝之餘又得左閃右避，好不狼狽。峰一不留神，褲管沾了糞便，我笑得人仰馬翻，他卻七竅生煙；最後警方使用胡椒噴霧，我們全都被弄得雙眼刺痛，淚水直流，他在混亂中弄來一條濕毛巾，用了一會就遞給我……

回憶又向前快速搜畫：TA（Traffic Accident 交通意外）、「飛人」（跳樓）、調景嶺清拆衝突、跟着電車從金鐘跑到北角、因為闖入機場跑道而被捕、上水河上鄉水浸，我們在水深及腰的地方浸被困一個晚上、火警……

回憶畫面停在一場火警。

那次我們都當夜班，深夜時分，荃灣區一處寮屋發生火警，這場四級火，燒得猛烈，漆黑的夜空被照得通紅。我和峰先後到達，但由於地勢崎嶇和警方封鎖，無法直接拍攝到火場的情況。我們四處尋找制高點，最後攀上了附近寮屋的屋頂，逐步走近火場，我們得步步為營以免踏錯步掉下來，同時也明白寮屋的搭建簡陋，未必能承受太大重量，簡直是一步一驚心。

為分散重量，我們一先一後前行，我踏在峰走過的位置，以確保安全。眼看快要看見火場，我腳下的一條木樑折斷了，整個人失去重心，快要掉下之際，峰回身撲過來拉着我，如此他整個人也失去平衡。

我倆一同倒在屋頂上，正慶幸沒有掉下去，卻聽到物件滾動的聲音，接着是一下清脆的玻璃碎裂聲。我們心中有數，連忙檢查隨身器材，我的完好無缺，峰卻不見了一支廣角鏡。我們知道它已凶多吉少。

那天晚上，我倆輪流使用剩下的一支廣角鏡，我拍得的一張照片還得了新聞攝影獎。

「你欠他太多了，你永遠無法償還！」一切影像頃刻幻滅，我的心又一陣絞痛。

忽然我的肩頭被人用手按着，我猜是峰弟弟，他沒有說話，只是用不大不小的力度按在我的肩頭上。我覺得有點啼笑皆非，他哥哥去世了，應該是我安慰他啊，怎麼角色倒轉過來了？

峰弟弟的手好像帶着一點能力，幫助我奪回對腦袋和其他身體部分的控制權。我慢慢平靜下來。

散落了的身體各部分好像回到本位。剛才很清晰聽到腦袋的話，看到過去的記憶，現在反而好像隔着一層薄紗，此刻最清晰的是拳頭在隱隱作痛。

我慢慢站起來，有點不好意思。

「沒事的。」峰弟弟跟峰說話的神態和語調幾乎一模一樣，好像能對任何事都處之泰然。

我不知說什麼才好，只好點點頭。

醫護人員經驗豐富，總在最適當的時間出現。「兩位，時候差不多，我們要……」一位中年護士用溫和的聲音道。

「麻煩你們了！」峰弟弟邊説邊拿起身邊的背包，轉向峰，「哥……再見了！」帶着顫抖的聲音説畢，他便向門口走去。

我想留下點什麼陪伴峰，於是從背包取出還帶微溫的腿蛋治放在他身旁，然後跟着峰弟弟離開房間。

一陣急速的腳步聲後，清兒出現在走廊轉角處。清兒放慢了腳步，愈走近，雙眼愈見通紅。

我示意她進去見峰最後一面。她走到病房門口，卻站着沒進去。

「還有點手續要辦，我可以自己處理，你不用擔心。」峰弟弟平靜地在我身邊説。一個高中生怎能如此堅強成熟？我在他身上看到峰的影子。

峰弟弟消失在走廊盡頭，清兒仍站在病房門外，一動也不動。四周只有空調運作發出低沉而有節奏的機器聲，世界彷彿停止了轉動。

「我想將峰最後的臉留在記憶中，不進去了。」清兒轉過臉來，我看見幾道長短不一的淚痕。

我向她點頭，並一起離開醫院。

「我有工作在身，得先走了，稍後再聯絡吧。」

「你還可以嗎？」我問。

「沒問題的，不用擔心。」清兒以一貫的冷靜回答，便登上的士離去。

我獨自在車水馬龍的街上，迎面而來是一對十指緊扣的男女，擦身而過時，我聽到女的說今晚想吃壽司；兩位西裝筆挺的中年男人一先一後從右邊跑過，追趕前面準備開行的巴士；一位女士拿着手提電話高聲說着這次一定不會原諒某某。

一個人的離世，原來是如此靜悄悄的。

好朋友死去，是人生中一件很大很重要的事情啊！我不是該做點事情嗎？或有些事情需要我做嗎？但我可以做什麼呢？要做什麼呢？

我只能靜悄悄地離開醫院，正如峰靜悄悄地離開世界一樣。沒有太多人察覺，沒有太多人理會。

峰真的死去了嗎？很不真實啊！是否我睡醒會發現這不過是一場夢，峰根本從沒遇上交通意外？

不想一個人回家被孤獨的感覺包圍，但可以到哪裏呢？我發現自己像往常完成採訪工作一般，返回報館。

3

突發組的同事安靜地在座位上低頭工作，他們都

認識峰。

攝影部也很寧靜，大概同事仍在外工作。

「康，你還好嗎？為什麼回來？」當值的阿偉看見我回來，表情有點詫異。

「沒什麼的，只是想回來走走。」

「阿峰的事我知道了。你先坐一會，我要趕着把這些相片交給採訪部。」他輕輕在我肩上拍了一下。

我不想一個人留下來，便走出攝影部，不知不覺來到資料室。

「有什麼可以幫忙？」燕的臉上掛着一貫的燦爛笑容。

「沒什麼，想一個人安靜一下，又不想獨自一人。」我嘗試形容此刻的心情。

「阿康？你怎麼了？」燕燦爛的笑容收斂成微笑。

「還記得我有一個行家朋友變成植物人麼？」

「我記得，他叫高峰，是嗎？他怎麼啦？」

「他今日剛去世。」

「啊，很突然啊！」

「對，真的很突然，也很靜悄悄。」

「你一定很難過吧！」燕説得很溫柔。

「剛知道他離世的一刻，我整個人失控了，哭了一場。從沒想過自己會哭成這個樣子。」現在説來，我仍不相信自己會如此失態。

「記得外婆去世時，我哭了好幾天。她一手把我帶大，我很不捨得，傷心了好一段日子。」

「你當時有感到自己失控嗎？」

「我只感到傷心，沒有失控，但失控的感覺我很清楚……我曾失控了很多年。」

「失控了很多年？」我重複她最後的話，但把它變成問句。她是否曾患精神病呢？

「對，失控了很多年。」她頓了一頓，問：「現在幾點鐘？」

「剛六點。」

「我下班了。你可以陪我到飯堂喝點東西嗎？」她眨着明亮卻看不見的眼睛。

「當然可以。」我心裏知道，實際上是她想陪我，她總是那麼善解人意。

從資料室乘電梯來到飯堂，如果並不知道她失明，根本是無法看出來，她對每個角落都很熟悉。

飯堂很寧靜，只有兩名編輯坐在一角吃飯。

她要了一杯以煉奶取代糖的熱奶茶——茶餐廳的「茶走」，我要了一杯熱檸茶。

「你不像喜歡喝奶茶。」我說。

「是麼？有很多事情都是出人意外的。想知道我為什麼會失控多年嗎？」

「假如你不介意告訴我的話。」

「媽媽說，我出生時的眼睛應該是能看的。因為出現黃膽問題，而需要照燈，但醫生竟然沒有替我蒙上眼睛，我因此而失明。」燕的語調平靜，好像說着跟自己無關的故事。

「那是醫療失誤啊！你們有沒有追究？」

「媽媽把這事告訴我的時候，我剛十四歲。本來她沒打算告訴我，但我從小就感到媽媽很討厭醫生和護士，有時又會說對不起我，在我不斷央求下，她終於告訴了我。在未知道自己本來能看見時，我能接受失明，但當知道這事後，我完全接受不了，我在家裏亂跳亂叫，把所有東西都打破了，直至雙腳踏在玻璃碎

上痛得無法站立，我才停下來。從此我跟媽一樣非常憎恨那些醫生和護士，甚至連生病也不願看醫生。」

燕停頓了一會，喝了一口奶茶，又道：「我曾嘗試追究，只是相隔十多年，困難重重，最後只能不了了之。但那份莫名的憤恨卻跟隨了我好多年。」

燕再停頓了一下，若有所思，然後繼續説下去：「無法擺脱憤恨是一件痛苦的事，因為我開始對所有事情都帶着憤怒，彷彿全世界都欠了我似的，有時甚至也會恨我媽。我常常發脾氣，情緒不受控制。我察覺到自己的問題，很想放下心中的憤恨，卻無法做到，憤恨變成我生命的一部分，可是同時在蠶食我。接着的日子，我就在憤恨的控制下熬過。」

燕再喝一口奶茶，説：「不好意思啊！你心情不好還要聽我的事。你不想聽的話……」

「不，我想聽。你現在常掛着笑容，一點都不像帶着憤恨啊！」聽着她的故事，反而讓我暫時忘記峰的離世，也對自己的失控多了一點接納。

「無法擺脱的憤恨令我的人際關係弄得一團糟，那段時間，我幾乎沒有朋友。失明加上沒有朋友，是很難受的一件事。後來認識了一位老牧師，他幫助我解開心中的結，幫助我原諒了那些醫生和護士。那時，憤恨忽然消失得無影無蹤，我好像被綑綁多年後得着釋放，感到輕省無比，也得回自己生命的控制權，像重生一樣。」

「很奇妙啊。」

「我知你沒有宗教信仰，但發生在我身上的事情確實是這樣。或許難以理解，但確如你所説，是一件奇妙的事。」

「我相信你所説的，只是有些未能體會，在這世上我們無法理解的事還多着吧。你的故事讓我感覺好多

了，謝謝你。」

「不用客氣，希望你可以很快全情投入工作，我相信你朋友也很想見到你發掘更多好新聞。」

「對，峰是我見過的行家中最瘋狂的，他追蹤新聞時的忘我程度真叫人吃驚，廢寢忘餐不用說，有時我覺得他是不惜一切甚至是不顧安危。前年他揭發的警隊高層貪污案，即使成為黑白兩道的眼中釘，他仍鍥而不捨，最終令廉署介入，將警隊和黑幫高層繩之於法。」

「他離世了，所以你更要努力啊！」

「謝謝你的鼓勵。你說得對，峰不會喜歡見到我因他而消沉，他會笑我像個女孩子，他該希望我像他一樣吧。」

「一定是這樣。」燕又展露她親切的微笑，讓眼睛瞇成半彎月。

「那你認為最近有什麼新聞要我發掘一下呢？」我始終搞不明一個失明的人怎能如此厲害，跟她聊一會，我的心情就輕鬆多了。她總帶着一股能影響身邊人的正能量。

「這方面，我怎及你呢？雖然我不認識峰，但我猜你跟他很相似，對新聞的觸覺就像獵犬嗅到獵物。」燕説時，把杯捧到鼻子前深深嗅了一下，喝下一口熱奶茶。她鬼馬的臉好可愛。

我噗哧地笑説：「像臘犬嗅到獵物，我會把這當成你對我的讚賞和鼓勵，而不是笑我像一頭狗。」

我捧着熱檸茶的杯子，感到右手尾節的關節仍隱隱作痛。

「那很好啊！無論別人怎樣看你，無論發生了什麼事情，都將它化為正面的想法。這是快樂的祕訣。」

這時，她的電話響起：「喂……好的，好的。」

「無論別人怎樣看你，無論發生了什麼事情，都將它化為正面的想法。這是快樂的祕訣。」我在心裏默唸着，燕有這樣的遭遇卻說出這樣的一句話，有着一種令人無法不信服的力量。

「不好意思，我得走了。我答應了老牧師今晚給小朋友講故事。」燕說。

「他的小朋友？」

「老牧師退休多年，但退而不休，近年在一家孤兒院當義工。我有空就會去為他講故事給那裏的小朋友聽。小朋友早睡，我要早點去。」

「我可以跟你去嗎？」好想認識這個能令燕重生的老牧師，同時心中也有種不知從哪裏跑來的渴想，想延長跟燕一起的愉快感覺。

「看你能否比我更快找到真相……」

午夜見證人

1

發現自己最近喜歡用慢快門來拍照，大概是從峰的安息禮開始。

從不知道峰原來是天主教徒，我以為天主教徒是不會抽煙的。峰弟弟說他倆小時候隨父母到教堂領了洗，但雙親離世後都沒有再上教堂。

搞不清為何天主教叫安息禮，中國傳統的叫喪禮。但我喜歡安息禮，安息讓人感到只是舒服地躺下來歇息，沒喪禮那種強烈的死亡意味。我喜歡安息禮的寧靜。那天殯儀館內，峰安息禮的兩旁禮堂都是傳統的喪禮，該是道教儀式吧，我真懷疑他們超出了環保署的噪音標準。

假如死前能為自己決定，我一定選擇安息禮。但不信天主教或基督教的人能進行安息禮嗎？要不在臨死前信就好了，但來得及嗎？像峰的意外來得這麼突

然，我來得及向上帝說我信祂嗎？祂會計較我的信含着功利嗎？但即使祂知道了，身邊的人不知道，替我搞個傳統喪禮，豈不把事情弄得更複雜？信了天主教或基督教的人卻進行嘈吵的喪禮，會不會令喜歡寧靜的上帝不高興？

坐在峰的安息禮上，我沒想像中傷感，卻彷彿來到自己的安息禮，或許因為峰的遺像是他背着一身攝影器材向鏡頭微笑的照片，叫我彷彿看到自己。這可能是沒想像中傷感的原因，正如世上很多事情，旁人的情感反應總比當事人強烈。所以我相信峰其實很安然，也不想身邊的人太傷心。我好像忽然跟峰很接近，很明白他的想法和感受，他的靈魂似乎就在我身邊，甚至在我裏面——如果人真有靈魂的話。

然後，我對時間的認知和感覺改變了，又或是扭曲了。

安息禮的時間過得很慢，準確地說，是我眼中的一切都好像以電影的慢鏡進行，親友以很慢的步伐上前，以很慢的速度鞠躬，甚至連神父在台上說的話，都被調慢了，帶着極重的鼻音，每個字都拖得長長的，感覺很不真實。因此，對於在安息禮上遇到中學同學朱肇昌的事，我總覺疑幻疑真。

肇昌當上警隊裏的高級督察，跟峰在電單車會認識，兩人間中會一起騎車兜風。他說有留意我報道那以假死來穿梭時空的案件（詳情請閱《攝記追蹤》），對於我比警察更快找到真相有點不以為然。

「前陣子花園街大學生跳樓的案件，有很多疑點，這案件現在由我負責，看你能否比我更快找到真相。」

肇昌沒改變的好勝性格和留下的名片，讓我肯定這並不是我的幻象或夢境。但我仍然無法驅走那不真實的感覺。

之後我開始愛用慢快門來拍攝。

2

星期日的旺角街頭格外熱鬧，保釣行動的成員在銀行中心外收集途人的簽名，然後遞交到日本駐港領使，抗議日本右翼分子登上釣魚台。

以街頭簽名活動來説，途人的反應不算太差，當然也不能説好，願意停下來簽上名字的人只佔路人中的極少數。我替照相機裝上 24mm 廣角鏡頭，在一名年輕的保釣成員身旁蹲下，以他拿着收集簽名表格的手作前景，從街道兩旁大廈伸出來密集的招牌作背景，再把快門調慢至十五分一秒，讓匆匆而過的路人在膠捲上留下模糊的線條，只有他等待的手和滿有旺角特色的招牌清晰可見。後來發覺街上太擁擠，途人的步速較慢，我把快門調至八分一秒再多拍幾張。

陽光隨着雲的移動從遠而近的照射過來，我保持蹲的姿勢，等待光線照射在那拿着表格的手，期望有更好的效果。

按着浮雲移動的速度，陽光將在十秒後復移到那手上。所以，當有人在背上輕拍我的時候，我沒有理會。直覺告訴我他不是行家，因為行家都有一種默契，不會在別人聚精會神拍攝的時候打擾。可能是被我阻礙了的途人吧。

還有兩秒，陽光就照射過來，雲層會合作，讓一切按我的期望發生嗎？那保釣成員會保持不動嗎？途人的動作會配合嗎？所有都難以掌握，我只能屏息以待，儘量保持手的穩定，以免因快門過慢而出現震動。

又有人在我背後輕拍，我沒作反應，按下快門，讓光線按既定的物理和化學定律，在膠捲上留下痕迹。回過頭來，竟是一個男孩，身高和我蹲着的高度

一樣。我回頭，他顯得有點不知所措。

「不好意思，打擾了。」男孩身旁的一位女士主動説完，又轉向身邊的男孩：「光仔，你不是要把圖畫送給哥哥嗎？」

男孩呆呆地站着，我留意到他手上拿着一張約 A4 大小的白紙，相信女士所説的畫該是在白紙的另一面吧。男孩的目光茫然，像不能聚焦，前額不自然的凸出，讓我感到他有別於一般小孩。

「你有什麼要送給我嗎？」雖然未搞清楚是什麼回事，但看來他們沒有惡意，我便向男孩伸出左手。

男孩佇立着不動，我的手停在空中等待，途人在我們身邊擦身而過。

在我決定放棄，準備把手縮回時，女士捉着男孩的手將白紙遞過來。

男孩的眼神出現一閃而過的變動，但我説不出那代表什麼。

「謝謝！」我大聲地向男孩道謝，希望他有點反應。

我隨手將白紙翻過來，卻給上面的畫嚇呆了！那是我剛才蹲下來拍照的素描，該是從我左後側的角度繪畫，雖然很少看到自己的背影，但我知道這畫把我剛才的形態傳神地繪畫下來。

「這是你畫的嗎？」我把手輕輕放在男孩肩頭上。

男孩沒有回應。

「哥哥問這畫是否你畫的，你回答哥哥吧。」女士在男孩耳邊鼓勵道，說話速度很慢。

男孩終於似懂非懂地點頭。

「畫得好漂亮啊！」我仍未知道該如何跟男孩溝通，便向他豎起大拇指。

這倒奏效，他臉上露出有點不自然的笑容。

「他知道這手勢是對他的稱讚。」女士解釋道。

我再仔細看畫，構圖優美而細緻。短短幾分鐘，怎能畫得如此神似？然而，我留意到畫的上方靠左有一片空白。

「這裏是還未畫好的嗎？」我把說話的速度放慢，指着圖畫中空白的地方，本來是我的鏡頭向着的招牌。

男孩又呆呆的看着我，一副不明所以的樣子。

「哥哥問，這裏是否還未畫好呢？」女士又在男孩耳邊複述，用手在畫紙空白的地方作繪畫狀。

「我們見你站起來，擔心你會離開，所以還未畫好就過來了。」女士向我說明道。

男孩望着女士的手，女士的手不斷在紙上移動。他繼續凝視女士的手，一片茫然。

女士開始有點心急，輕輕地推了男孩肩膊一下。

男孩着急起來，忽然高聲尖叫，是不折不扣的尖叫，沒有言語，感覺不到情感，就像是由某種樂器不當地使用時透過麥克風發出的聲響。我感到他的尖叫穿過我右邊耳膜，直入腦袋中央，帶來一陣震動。

附近的途人都將目光集中過來。

「光仔！不可以這樣！」女士嘗試以更大的聲音阻嚇男孩，但男孩沒有理會。

途人開始遠離，保釣行動的成員卻向我們走過來。

男孩的尖叫止住了，像播放重金屬搖滾樂的唱機電源倏忽被拔掉，一切恢復正常。

「不好意思，他就是這樣。」女士帶點歉意地說，同時牽着男孩往路旁去。

「不要緊，小孩子都是這樣。」我禮貌地回應，也

隨着他們往路旁靠過去。

男孩目不轉睛地看着我手上的畫。

我把畫遞向他，他猶疑了一會，伸出右手接過畫，這時，他的左手已握着一枝鉛筆。

「我這孩子就是跟其他孩子不一樣，他有自閉症，不懂得跟別人溝通。」

男孩背着我們，蹲下來低頭開始繪畫。

「他很喜歡畫畫吧。」我好奇男孩在畫什麼，他使勁地在畫紙上塗畫，如果他把剛才的素描弄壞了實在有點可惜。

「是的。只要提供紙和筆，他就能安靜一整天。」

「他叫光仔？」我有點明知故問。

「對，我是他媽媽，大家都叫我光媽。不好意思，打擾你！我很少在假日帶他外出，因為他在人多的地方情緒不穩，我就是怕他像剛才那樣。近來他卻很不喜歡留在家中，好像很害怕似的，我便帶他出來走走。」

光仔的動作愈來愈快，整個身軀都在搖動。

「光仔今年多大？」我問。

「上個月剛七歲。」

「有上學嗎？」

光媽沒有回答，只長長地歎了一口氣。

光仔的動作開始慢下來。光媽正要開口，他忽然轉過身把畫紙遞過來。我又像進入了扭曲的時間軸。

好比電影的慢鏡，我拿着光仔的畫，呆呆地站着，身邊的人潮不斷流過，只有我和光仔靜止不動，光媽的嘴在張合，卻沒有聲音。

如果不是親眼看見，簡直沒法相信。

光仔在短促的時間內把空白的位置補畫好，更重要的是，對照現場的景物，竟是準確無誤和相當細緻，但我肯定他是背對着景物畫的，且一直沒抬起頭。

光仔愣愣地站着，目光停在空中的某一點，然後又轉到另一點。

我開始回復聽覺，聽到光媽在説話：「……無論多複雜，只要看一眼就能畫出來……」

「只要看一眼就能畫出來？」我懷疑自己遇上街頭騙案，或是那些將攝影機藏起來專門作弄人的節目。

「可否再讓光仔多畫一幅嗎？」我問。

「不能肯定，他愛畫的時候沒人能阻止，不愛畫的時候無人能勉強。但他似乎對你特別有興趣，他從不主動接觸別人。」光媽邊説邊從手挽袋掏出一本約 A4 大小的畫簿，還拿出另一枝鉛筆來遞給光仔。光仔把本來握着的鉛筆掉開，興奮地接過畫簿和新鉛筆。

我不太肯定自己能否正確解釋光仔的心情，或許他心中沒半點興奮，甚至因為要再畫而感到煩躁也說不定。興奮只是我不經思考分析，純粹出於人與人之間無法解釋的感應而來的直接感受。

他看了我一眼，便蹲下來描畫。

光仔真的沒有抬起頭，只有握着鉛筆的左手不停在畫紙上游走，留下深淺不一、或直或彎的線條。

我蹲下來，慢慢地舉起相機，後來我發覺無論自己的動作快或慢，他都不受影響。他專注得像進了另一個空間，跟身邊的世界毫不相干。

透過觀景器看到的光仔，眼裏閃着光芒，繪畫的動作流暢，只瞬間我已見到自己出現在畫紙上。我把握機會按下快門。

這是一件不知該怎樣形容的事情，光仔此刻把我剛才生命中曾出現的一刻記錄下來，我把光仔的此刻

記錄下來，如果光仔此刻抬起頭看我一眼，或許待會他又會把我已過去的此刻記錄下來。

我沒有認真地計算時間，應該不會超過五分鐘吧？光仔忽地停下來，如他剛才停下尖叫時那樣突然。他站起來，眼神裏的光芒消退，回復到沒焦點的狀態。畫紙上留下叫人難以置信的畫像，是我。我向他豎起大拇指，他立即笑了起來。

光媽拾起地上的畫簿，問:「要將畫送給哥哥嗎？」

未待兒子回應，光媽便小心翼翼地把畫紙撕下來遞給光仔。光仔看了一會，用左手接過，又看了一會，不知該如何，我向他遞出右手，光仔如釋重負似的，立刻把畫遞到我手上。

我向他豎起大拇指，他又笑起來。

這真是光仔畫的嗎？他真的畫得很細緻，特別是我掛在左肩的相機。

「我可以刊登光仔的照片嗎？」我問光媽。我知道這是個很特別的故事。

「我們只想過平淡的生活。」光媽摸着光仔的頭，婉拒了我。

「那不要緊，我把光仔的照片寄回給你吧。」雖然失望，但我得尊重光媽的意願，尤其光仔是個患有自閉症的孩子。

咔嚓、咔嚓、咔嚓，我的照相機無故響起來。光仔先是一驚，幸好沒有尖叫，更格格地笑起來——原來他按動了我照相機的快門。他看看媽媽，又看看照相機，我把照相機給他，他猶疑地伸出左手，按在快門上，咔嚓，咔嚓，光仔呆了一呆，又咧嘴而笑。

「他很少笑得這樣開心。」光媽既欣慰又感慨地道：「這七個年頭以來，我仍不太懂他何時開心，何時不開心。」

我聽得出那份混雜無奈和憐愛的感受，便說：「要照顧一個有特別需要的孩子是格外不容易吧。我看得出你很愛光仔，相信他會感受到的。」

光媽鼻子一酸，眼圈紅了起來。

「光仔有上學嗎？」我重複剛才她未回答的問題。

「自從知道他患自閉症，我嘗試過很多不同的學校，有普通的、有特殊的，但毫無幫助，他愈來愈討厭上學。最後，我決定自己帶他，起碼有多點時間跟他相處。最初我也找點散工幫補家計，但有一次他趁我不在家，竟把藏在隱蔽處的菜刀找出來玩，我回家看到他一身是血，差點嚇暈了。自此我跟他寸步不離，惟有靠綜援過活。真不好意思，怎麼會跟你說及這些事，妨礙你工作真不好意思。」

如果不是她婉拒我把光仔的故事刊登出來，我會以為她想透過我的報道獲得好處。

不知何故，常有人跟我說話後就說不知何故會跟我說那些話。或許我天生就有一種能叫人說出心底話的能力吧，正如光仔憑記憶就能繪畫的特殊能力。

「不要緊。我把光仔的照片寄回給你吧。」我重複剛才的話。

「不用太麻煩了，我就住在附近，假如你下次路過就給我搖個電話吧。」光媽在袋中找來一張紙，拾起剛才光仔掉在地上的鉛筆，寫下電話號碼。她似乎真的不想被打擾。

「那好吧。有什麼需要可隨時給我電話。」我向光媽遞上名片。

光仔又埋首在他的畫中，這回我看到自己的相機已差不多活現紙上。

我忍不住替他多拍幾張照片。

「光仔，我走啦。」他似乎未回到我們身處的空

間。

但見光媽欲言又止，我對她說：「放心吧，未得你同意，光仔的照片是不會被刊登的。」

光媽鬆了一口氣，道：「謝謝你！」

返回報館的路上，看着自己的畫像，我問自己，真的讓光仔的故事白白地溜走嗎？如果刊登出來，該有熱心人會幫助他們，讓光仔得到更好的照顧和學習。光仔的天分亦可得到發揮，說不定對他的自閉症有正面幫助。況且光媽帶着兒子在旺角街頭繪畫的事，即使我今天不報道，很難保證過幾天被其他行家發現，他們也會放過這大好故事嗎？不會吧！說不定我離開後，光仔即被其他行家發現，明天就會見報。既然如此，我何不搶在他們之前，免得到時後悔，並淪為別人眼中的傻瓜。

你做記者就是不顧一切去報道你認為精彩的故

事嗎？你將光仔的故事報道出來，是單純地想幫助他們，而不是滿足要成為出色記者的虛榮嗎？這故事跟大眾的利益有極大關係，以致非報道不可嗎？你要為虛榮心押上誠信嗎？另一個我在心裏責問。

回到報館把膠捲沖出來，那陽光照射的手配合慢快門效果很好，攝影部主任盧傑滿意地點頭後，便沒有再看我的其他膠捲。我沒向他提起光仔的事，除非有一天光媽改變主意吧，我想。我特地在膠捲的保護套上寫上「刊登前要獲當事人同意」的字句。

3

跑進資料室，我才記起星期日燕不用上班，我得把想跟她說的話延後一天。期間如常的睡覺和起牀，也跟隨保釣人士到日本駐港領使館請願，在領使館門外細小的空間擠得汗流浹背。後來到了中環文華酒店

某上市公司的周年大會，喝真正的鮮榨橙汁，算是對身體作一點補償吧。

「想跟你分享一個很特別的故事啊。」再見阿燕已是二十六小時後。

燕沒有回話，眼睛彎起來，帶着微笑點頭。

「昨天認識了一個患自閉症的男孩，當然這不是什麼值得開心的事，但那男孩過目不忘，能將看見的人和事憑記憶就鉅細無遺地畫下來。」我儘量令自己的語調顯得不太誇張。

「自閉症患者有異於常人的能力，這事我也曾聽過，但沒真正接觸過。」燕沒半點驚訝。

「你真的相信嗎？」我問。

「你告訴我的，我當然信啊！」

「這種事，我以為不是親眼看見是無法相信的。」

「對我來説不是，因為世間的事我都無法親眼看見。」

「噢，真對不起！」我為自己的失言道歉。

「不要緊啊，告訴我一些關於這男孩的事吧。」燕眨了眨眼睛。

我把前一天遇到光仔的事告訴燕，她一臉嚮往地聆聽，「真的很厲害……」

可惜她不能看，否則光仔也可以替她畫一幅像，雖然我們無法預測光仔會否替燕畫。

我沒有把這想法告訴燕，她道：「記得那晚在老牧師當義工的孤兒院見到的俊軍嗎？他也患有自閉症。」

「是嗎？他看來跟其他小朋友沒有分別。」

「嗯，我們花了很多心思，我跟另一位義工還特地去上了一些關於如何教導自閉症兒童的課程。最近俊

軍大有進步。」

「如果懂得方法，光仔也可以像俊軍一樣？」

「這很難說，要嘗試過才知道的，而且得花上很長時間。」

是的，世上很多的事都是嘗試過才知道，且要花上很長的時間。

4

「今天有什麼大新聞麼？」懲教署職員一邊問我，一邊向一輛正駛進觀塘法院的警車打手號，引導司機將車輛泊在指定的位置。

他是少數主動跟記者搭訕的懲教署職員，有點中年發福，髮線後移。

「前陣子月華街四歲小孩墮樓死亡的事件。」《香港日報》的嘉豪應道。

「疑兇該是由囚車押來吧，一般會什麼時候到？」《今日快報》的阿佳趁機問。

「這很難説，但九時前一定會到吧。」懲教署職員説罷，便把閘降下，留下我們五個行家繼續等。

八時十分，可能還要多等五十分鐘，但又可能隨時出現在眼前。

八時二十分，《正報》的阿昌慢條斯理地來到，他竟身穿白色T恤。

八時三十分，囚車終於出現了，我們一擁而上，爭取有利位置。然而，車上除了三名懲教署職員外，並沒有其他人。

八時四十分，法院的鐵閘再度打開，剛才進去的囚車緩緩地駛離。主動搭訕的懲教署職員專注於鐵閘的開關，沒再跟我們説話。

八時四十五分，我無意識地檢查照相機的各項設定，快門設在六十分一秒、光圈設在八，好有足夠景深照顧被攝對象可能在車上的不同位置，對焦模式設在手動、對焦距離設在 0.6 米，以防車上玻璃影響照相機的自動對焦功能、閃光燈的輸出設在八分一。

八點五十分，另一輛囚車出現，我們連忙擠上前，各自爭取有利位置，開始有人按下快門，閃光燈此起彼落，我把照相機鏡頭儘量貼着警車上的玻璃窗，以減少反光，在混亂中隱約見到車上一個垂着頭的女人。連續按了幾下快門，同時輕微調節鏡頭的角度，也記着這女人穿一件短袖藍色條子的襯衫。

「阿昌，你的白色 T 恤弄得我幾乎看不到車內的情況。」法院的鐵閘還未完全關上，已聽見《今日快報》的阿佳在埋怨。

「今早太匆忙，忘了穿深色的衣服，不好意思。」

阿昌道。

我們一起繞到法院的正門，《香港日報》的嘉豪還要趕往高等法院那邊，因而先行離開。

查看法院張貼出來的通告，按着上面的數字來到法庭門外。我們把照相機放進攝影袋，推門進內。法官還未到達，幾個法庭記者已坐在記者席上，一小排的記者席被佔去一大半。我和其他攝記在公眾席靠近門口的地方坐下。

旁聽的人不算多也不算少，大概佔據了座位的三分一吧，今天這法庭看來不太繁忙。

在大家不耐煩之前，一名外籍法官進來，我們站立後又坐下。

今天的運氣不錯，法庭第一宗處理的就是我們採訪的案件，不用無止境的等待。犯人欄內站着一個身穿藍色條子襯衫的女人，確認了她的身分，行家紛紛

離開。

我看時間還多，也不覺餓，就無可無不可地坐在原處。不知為何，我又晃進了扭曲的時間軸。

穿藍色條子襯衫的女人並沒有抬高頭，從深色的膚色和面上略深的紋，該是個靠體力勞動找生計的小市民，幹的可能是以男性為主的那種勞動工作。

法庭傳譯員緩緩站起來，慢慢地向犯人宣讀案情。不知道是我扭曲了的時間意識影響，還是她真實地讀得很慢。

穿藍色條子襯衫的女人被指把四歲的女兒獨留在家，因疏忽照顧，女孩從十樓的家中墮下死亡。

女人一直沒有動，靜止得像眼睛也不會眨。讓人感到她與周遭一切毫無關係，身邊的事情按着既定的情理和時間推進，而她卻是靜止的，像是被掌管歷史時空的那一位錯置在這裏；猶如一頭蒼蠅不知如何誤闖窗戶緊閉的開行中的巴士，不同的是蒼蠅會靠着玻璃窗拍動翅膀發出嗡嗡聲響，而女人則保持沉默。

辯護律師說，女人與丈夫離婚後，母兼父職，獨力照顧女兒，倆人相依為命……女兒的去世對她造成極大打擊。

女人聽到律師提及女兒去世時，身體顫動了一下。

因為不想拿綜援，女人自食其力，白天將孩子交親友代為照顧，自己外出做工。事發那天親友因事未能照顧女孩，女人害怕失掉工作，迫不得已才把女兒留在家中……

法官反復翻閱案頭的文件，不知他是否在聽，最後他說把案件押後。

離開法庭，我又回到正常的時間軸。我在想明天讀者看到我拍的那張照片，看到女人因疏忽照顧而被控的報道，會有什麼感受？

有時，我實在搞不清法律精神和懲教制度究竟是怎麼一回事。女人沒有丈夫照顧，為要靠自己雙手養育女兒，結果在沒有人想發生的意外中失去至親。理應是需要協助和同情的受害者，現在卻要面對法律制裁。失去至親的傷痛還不夠麼？還要加上刑罰，讓她知道別再犯錯？法律就是這麼一回事？我們不可以用愛去安慰她，幫助她從悲痛中站起來，好好活下去，而是要讓她一生帶着那份歉疚？對與錯就是這樣地確立出來嗎？

我想起光媽和光仔。如果那次光仔因玩刀而喪命，光媽也要因此坐牢麼？一位願意為兒子付上一切的母親，落得這樣的結局，這就是法律精神？

手機的震動把我從殘酷的想像中救拔出來，是攝影部主任盧傑。

「喂，阿康，中午在尖沙咀的專訪取消。暫時沒有其他工作，你先在街上逛逛吧。」

「那我先到旺角逛逛，有事再給我電話吧。」忽然想見見光仔母子，也好把早前的照片送給他們。

前往旺角的途中，當了警察的班長朱肇昌不知從腦袋哪處跑出來，重複着在峰安息禮上疑幻疑真的話：「前陣子花園街大學生跳樓的案件，有很多疑點，這案件現在由我負責，看你能否比我更快找到真相。」

對於誰先找到真相，我沒多大興趣。而朱肇昌從中學時代就喜歡跟別人競爭，讀書、運動、各樣的校際比賽，甚至吃午飯也要鬥快。

墮樓事件真的不是自殺麼？當晚那督察不是找到遺書了麼？我決定先到花園街走一趟。

5

事情沒想像中順利，大學生跳樓的那幢大廈天台入口被鎖上，那是一個簇新的鎖，該是新近才裝上去的。我惟有到隔鄰的大廈碰碰運氣。連續跑上兩幢十層高的大廈，令我氣喘如牛。皇天不負有心人，這幢大廈的天台沒有上鎖。

兩幢大廈高度一樣，只有一矮牆相隔，相鄰的天台都有幾枝殘破的天線，如向日葵朝向天空。

矮牆只有及腰的高度，我輕易就翻越過去。我說的輕易只反映事實的一半，因為我的身體確實是翻越了，很實在地踏在事發大廈的天台，然而，我的攝影袋給卡住了。我不得不停下來，先確保器材不會從攝影袋掉出來，再慢慢轉身看個究竟。

原來攝影袋被一口矮牆上的小釘鉤住了。我小心翼翼地把攝影袋拉出來，幸好只是弄破了一個針孔般的小洞，沒多大問題。然而我發現，小釘上還掛着一片小布碎，看來有人比我更倒楣。

我走到朝向花園街的天台邊緣俯瞰，密密麻麻的攤檔和行人，一個平常不過的下午。如果不是跳樓自殺，那究竟是什麼？是被人從這裏推下去麼？我繞着天台走了一圈，又回到剛才的位置，看不出有異樣。我嘗試把上身向外伸出一點，想像跳下去的感覺。街上行人的動作放緩，嘈雜的聲音變了調，像從走音大提琴發出來似的。

我放下攝影袋，雙手按在矮牆上支撐身體，雙腳離地，維持這半懸空的狀態，看着街上的行人在我眼下流過，有的從左到右，有的從右到左，我依然靜止於半空。

幾個女學生在追逐嬉戲，互相拉扯。

我開始感受到死亡的恐懼，讓自己雙腳回到地

上，毫無頭緒，正要離開，卻瞥見光仔和光媽出現在街角，看來跟他們真的很有緣。

我一邊跑下樓梯，一邊打電話。

「喂。」光媽的聲音有點沒精打采。

「喂，是光媽嗎？我是前幾天替光仔拍照的《世紀日報》記者阿康，想把照片送回給你們。我在花園街，你方便嗎？」

「噢，是馮先生！真多謝你，你怎知道我住在花園街？我正好在家樓下。」

「我剛巧到花園街工作而已。你留在現在身處的地方，我一分鐘就到。」我沒等她回答就掛斷，飛快地跑下樓梯，穿過攤檔，閃避了一個兩手挽着膠袋的婦人。剛才的幾個女學生仍在追逐，似乎要爭奪其中一人手上的照片，她們都身穿寬身的Ｔ恤，用來遮蓋校服。我在她們身邊經過時，隱約看到Ｔ恤裏面的格仔校服裙。

「好帥啊！」少女的聲音在我身後傳來，相信她已把照片搶到手，是某明星或某人男朋友的照片吧。

來到街的對面，剛好看見她兩母子。

「光媽，你好。」我先跟光媽打招呼。

光仔先是躲在媽媽身後，然後像記起什麼似的向我走近。

「光仔，你好嗎？」說時，我向他舉起右手大拇指。他像接到一個指令，掀起嘴角笑起來。

我從攝影袋中取出街道圖，把夾在裏面的幾張照片遞給他。他完全不感興趣，只一直盯着我的攝影袋。

「他對你的照相機感興趣。」光媽試着解釋。

我把光仔的照片交給光媽，然後從攝影袋取出照相機，指着快門按鈕，他明白了我的意思，用左手食

指按在快門鈕上，照相機發出快門跳動的咔嚓聲。他很開心地笑起來。

「那天見過你的照相機後，他幾乎每天都會畫一張照相機的畫。我剛帶他到西洋菜街那邊的店看陳列，現在家中滿是各色各樣照相機的圖畫。」

「照片拍得真漂亮，光仔少有機會拍照，謝謝你！」光媽反復翻看照片，感激我道。

「光仔，你看他是誰？」光媽把照片放在兒子面前。

光仔看了一會，沒有說什麼，但似乎很有興趣，他接過照片，目不轉睛地看。

「光媽，你看來很累，近來還好嗎？」光媽的樣子較剛才電話傳來的聲音更累。

「沒什麼，只是晚上睡不好，每晚都給他弄醒。」光媽摸着光仔的頭說。

「光仔為何令媽媽睡得不好？」我在光仔耳邊問。

光仔仍專心地看照片。

「他近來每晚都在半夜驚醒，要我摟着他直到天亮。」

「你們住在附近？」我問。

「我們就住在這裏。」光媽指着旁邊的大廈，是正對着跳樓事件的大廈。

我感到身體某些神經在跳動。

「你的家是朝這邊的麼？會不會很嘈雜？」我試探着問。

「習慣了，看着街上的人來來往往也頗有趣。光仔很喜歡在窗邊對着街道畫畫，不過……」

「不過？」我的神經跳動得更快。

「最近不知何故，他卻不願留在窗邊。畫畫的時候

也背着窗的一邊。」

「是什麼時候開始這樣？」

「大概一個月前左右吧。」

「真不好意思，我可否到你家看看，或許我也幫忙找找光仔最近轉變的原因。」雖然知道自己心底在想什麼，但實在很難相信這巧合。

「馮先生，你特地把相片送來給我們，真有心。我相信你是個好人，難得光仔喜歡你，要是不介意家裏凌亂的話，就上來坐一會吧。」光媽牽着光仔向大廈入口走去。光仔仍看着照片，踉踉蹌蹌地跟着回家。

兩母子的家並不凌亂，反而是很整潔。

雖然有點突兀，但我仍按不住先走到窗邊，果然是正對着青年墮樓的那幢大廈，由於他們住在十二樓，對面大廈樓高只有十層，剛好能清楚地看到對面的天台。

光仔是被那墮樓事件嚇怕了麼？他會否看到當晚的情況？

「你知道前陣子對面有人墮樓嗎？」這時才發現如光媽所説，屋內有很多照相機的畫。

「知道。那晚很嘈吵，我們都被吵醒了。」

「光仔看到當晚的情況嗎？」我發現光仔背着窗在一張小小的桌子上不停地畫。

「應該沒有吧？連我自己也沒有看見。」

「你記得當時的情形嗎？」

光媽沒有即時回答，像在記憶中搜索。原來光仔正把剛才我給他的照片畫在紙上。

「由於光仔不喜歡睡在牀上，我每晚都會在這裏為他鋪好厚墊，讓他睡在地上。那天晚上我們如常十時左右就睡覺，夜半時分，光仔忽然大叫，我起牀見他

蜷曲身子躺在厚墊上，一副受驚的樣子，我立即抱着他。定過神來才聽到警車和救護車的響號，他大概是被那響號嚇着了。我抱着光仔時才發現他全身發顫，本想去看看究竟發生什麼事，但一放手，他就又哭又叫起來，我只好抱着他直到天亮。」光媽看着光仔，眼裏充滿憐愛。

「從那晚開始，光仔就常半夜醒來，不願靠近窗邊？」

光媽沉默了好一會，極力在記憶中尋找蛛絲馬迹。

「説來又是啊。」光媽忽然道，「我一直沒有這樣想，因為他常會被突如其來的聲音嚇倒，所以那晚的事，我沒有太在意。」

「你肯定當時他是被警車和救護車的響號弄醒？你可否記清楚你給光仔的尖叫弄醒時，是否已有警號聲？」

光仔把畫畫完，拿到媽媽面前，光媽豎起大拇指，光仔笑着回到小桌前。

「我真不能肯定。但有什麼關係呢？」光媽看着手中自己孩子的自畫像，欣慰地笑了。

「我不能肯定自己的推斷，但按你所說，光仔近來的轉變，可能與當晚看到對面的墮樓事件有關。」

「我一直抱着他，他沒有機會看到啊！」

「你是給他的尖叫聲弄醒的，雖然你看到他躺在自己的厚墊上，但他可能已經看到對面發生的事，然後才回到厚墊上。」

「那怎麼辦？」光媽一臉悵惘。

「不用擔心，這只是我推斷。你再仔細想想那晚光仔有沒有其他異樣。」

光媽望着光仔陷入沉思，光仔的左手在畫紙上飛

快地移動。

「不知這是否有關係，我抱着他的時候發現他撒了尿，把被和厚墊都弄濕了。我想他是太驚慌了。」

「他懂自己上廁所嗎？」

「自從四歲時學會上廁所，他沒有尿牀。」

光仔停了下來，抬頭看着媽媽，好像知道我們在談論他。他一言不發的，只是呆呆地望着媽媽。

我感到兩母子間那份無法言傳的愛。

光媽看着光仔的一雙眼漸漸現出紅筋，光仔低下頭繼續專注繪畫。

我不知道該如何恰當地將心中所想的說出來。

沉默了幾分鐘，我倆只看着光仔畫畫。

光仔轉眼又完成第二幅自畫像，是那天我把鏡頭對着他，他自己按下快門的自拍照。他拿着完成的畫向我們走來，這次他竟然將畫直接給我。

我有點意外，不忘向他豎起大拇指。

我鼓起勇氣說：「我很想幫助你和光仔離開目前的處境，我意思是由他的恐懼帶來的處境，但我得先弄清楚真相。」

「什麼真相？」

「光仔是否真的看到那墮樓事件，以及他究竟看到了什麼。」

「你要怎麼做呢？我不想光仔受任何傷害。」

「這個當然，希望他能早日離開那恐懼，可以開心地過活。但具體要怎樣做我也未想到。這陣子請你多留意他的行為，尤其在晚上。如有任何需要，可以打電話給我。我過幾天再來探望你們吧。」

「你真的有辦法幫助我們嗎？」

「我會盡力的，你不用擔心。」

離開前我走到窗邊拍下幾張照片，道別的時候，光仔看了我一眼，又繼續他的自畫像。

「你看過光仔畫的每一幅畫嗎？」我步出大門前，回頭問光媽。

「是啊，每一幅畫我都看過，都好好收藏着。」光媽肯定地説。

「事發之後，他有畫過對面大廈或街道嗎？」

「沒有。」光媽的語氣非常堅定。

一旦開始了，

就沒有所謂的困難。

異能畫師

1

立法局攝影室內各行家的手提電話幾乎同時響起。

攝影部主任盧傑急促的聲音從電話另一端傳到我的耳朵，還未聽清楚他說什麼，《正報》的阿柱和《都市快報》的阿光已拆下手上的 300mm 長鏡頭，背起攝影袋跑出攝影室。我本能地跟着他們的動作，然後盧傑的話才慢慢在腦袋清晰起來。

「珠寶公司遭持械行劫，匪徒開槍，有人中槍，位置在環球大廈……」

環球大廈就在立法會附近，消息該是「坐堂」的同事監聽到警察或救護車的頻道而來，那就是說，我們有可能比警察更快到達現場。

雖然新聞是爭分奪秒，但要如此拚命地奔跑，似乎也沒多少次。

下午三時多的中環街頭熙來攘往。我左手握着掛在頸上的照相機，右手按着攝影袋，以減少兩者在跑動時的搖晃。身上的攝影袋要過千元，聽説價值就在於跑動時會緊貼着身體而不致左搖右擺，但此刻我的手還得用力按着它。

阿柱和阿光走在前面，有他們開路，我很容易就跟上來了。沿路聽到幾個途人在咒罵，我猜身後還有其他行家。

環球大廈就在眼前，卻看不到有何異樣，沒警車，沒人羣，是「流料」麼？

猶疑之際，身旁一名途人自説自話的説什麼打劫、開槍。

我急問：「在哪裏？」

「在那邊的拐彎處。真不知是個什麼世界，求財就算……」

沒繼續聽下去，該是真的開了槍。

「這邊！」我向跑了另一邊的阿柱和阿光叫了一聲，就朝轉角處跑去。

人羣出現眼前，卻不見有任何傷者或警察，奇怪！

「不好意思，請讓開一點，不好意思……」我擠進人羣中間，竟見到兩個人正聚精會神地拍攝。身影不太熟，也不知是行家還是遊客。

再擠開幾個人，到了他們身邊，原來傷者躺在地庫，我們身外的位置剛好能透過一塊不大不小的玻璃看到地庫的情況。

舉起照相機，透過觀景器瞄準傷者，那是個年輕的少女，看來還有知覺，一名警員蹲下似在為她治理，卻完全擋着我的視線，看不到傷勢。

按了幾下快門，拍攝角度不太理想，我探頭嘗試

尋找更好的位置。

「The entrance is blocked by police !」正在拍攝的其中一人喊道。原來是《英文快報》的 Anthony，我還以為是外籍遊客。

沒有其他選擇，惟有再集中注意力，等待不知會否出現的時機。我注視着警員的每一個細微動作，推算下一刻會發生的事。

地庫的燈光微弱，隔着褐色的玻璃，外邊的陽光又猛烈，於是玻璃如同鏡一般反映着車水馬龍的中環。此刻，有人生命危在旦夕、有人在逃亡、有人在享受下午茶、有人為口奔馳……

一陣急速的警笛聲由遠而近傳來，相信是救護車的響號。

如同鏡面的玻璃帶來了拍攝困難，我不得不將鏡頭完全緊貼玻璃以避免反光，但如此一來就得放棄較好的拍攝角度，幸好今天穿的是黑色而不是淺色衣服，否則更難處理反光的問題。

這時，正在照顧傷者的警員抬頭往右邊看去，那是商場的入口，我吸了一口氣，穩住雙手，按着快門的右手食指在慢慢加力，保持着。提着急救箱的救護員跑進鏡頭，警員稍為移開身體，千鈞一髮間咔嚓之聲不斷，我和行家都不約而同地按下快門。

在快門跳動間隱約看見傷者腰間被血染得一片紅。

救護員取代了警員的位置，更多的警員和救護員阻擋着視線，兩秒之間傷者完全在鏡頭裏消失。

數分鐘後，醫護人員用紅毛毯將傷者蓋着，擔架亦就緒，我和行家們突破人羣的包圍，跑到環球大廈的出口，等待傷者被抬上救護車。

不到一分鐘，載着傷者的救護車鳴着警笛不疾不徐地駛走。

我一邊打電話回報館，一邊回到那褐色的玻璃前。警員仍在忙碌，在視線僅能看到的範圍走來走去。

剩下的工作只有等待，等待警察搜索現場，追捕可能仍藏身現場的匪徒，但這個可能連一次都沒真實出現過，雖然如此，他們每次仍會十分認真，令現場氣氛非常緊張。當然我們見怪不怪。記得有一次同樣是開槍搶劫案，警方將整幢大廈封鎖，每一個出來的人都會被大聲喝令舉高雙手，所有人都會戰戰兢兢地依着指示做，然後被盤問和確認身分才能離開。不過有趣的是，警方只封鎖了大廈的其中一個出口，在另一邊，我們一班行家和住客依然輕鬆地進出。

除了搜索匪徒，更多時候是搜索現場遺下的彈殼或其他線索。幾乎每次開警方開槍或匪徒開槍後，總會看到一班警察一字排開，低頭慢慢前行。初入行時覺得這情境很有趣，現在看多了只覺是例行公事。

對於例行公事這種看法，我不知道是好還是壞。好，是對於例行公事我們會有很足夠的經驗和掌握，可以預測下一刻將發生的事，預先作好準備；壞，是因為例行公事會令我們對事物失去敏銳，以為事情總會按着既定的規律發生，以致錯過了很多不應錯過的東西。這錯過的東西會是什麼？通常第二天就會知道，因為別的報紙會把你錯過了的清楚地報道出來，可能就在頭版上。你從不用擔心會錯過了別家報紙的消息，因為老闆會把所有你錯過了的向你匯報，讓你知道自己有多不濟。

所以，在例行公事中，我們仍得保持高度警覺。事實上攝影記者雖然要客觀地記錄真實，但攝影本身有一定的藝術性，同樣是遊行、同樣是記者會、同樣是一羣警察，我們都希望能以新的角度、新的構圖、新的手法作記錄，讓讀者對照片上的事有更深的思考。

因循，是殺死攝影記者的致命武器，或許在其他職業之上用得着，當然也可以在生命中的其他方面用得着吧。

一字排開的警察從右至左地經過，由於角度很狹窄，大家都同時按下快門。我有沒有錯過任何不應錯過的東西？明天自有分曉。

突發組的同事朱仔出現時，最後一張膠捲剛好拍完，我一邊更換膠捲，一邊將剛才的情況大致交代，便匆匆趕回立法局。

立法局議事廳內，議員和官員仍起落有致地輪流站立發言，雖然針鋒相對，但仍融洽溫和。忙碌的警察、逃命的匪徒、命危的少女、失落的彈殼、被劫的珠寶，統統成了另一個世界的事。

但在我腦袋裏兩個世界卻撞在一起，叫我感到有點精神分裂。對，不對，不止兩個世界，還有活在自己世界裏的光仔、等候判決的那個穿藍色條子襯衫的女人、離開了這個時空的峰和那墮樓青年、有時會莫名其妙地走進另一時間軸的自己……

陳方安生終於站起來發言，把我從頭昏腦脹中拯救出來。陳太把我腦袋中的所有雜念趕走，只餘下一身鮮紅色的套裝。

我知道今天的主角是陳太，便放棄相對輕便的 300mm 鏡頭，很有誠意地把約 15 磅的 400mm f 2.8 鏡頭帶來。這絕對是一個挑戰，除了鏡頭笨重，如此長焦距的鏡頭要求穩定的操作，穩定不單是要求操控照相機的人，對被攝者亦然，如果對方身體語言太豐富的話，就很難拍到清晰的照片。加上議事廳的燈光柔和，快門不能調得太高，倒楣的話，可能五、六張照片中才會有一張及格。當然，經驗豐富的攝記，對捕捉每個動作的靜止一刻還是有點心得的。

我把400mm鏡頭緊貼着淺褐色的玻璃，耳朵聽着攝影室內直播陳太的演説，感受着她的情緒變化，預計她何時會將眼睛移離講稿抬起頭來，甚至會有手部的動作，而一旦有動作，哪一刻才是動作的靜止狀態。

陳太今天的講稿不長不短，由開始到完結，有四次抬起頭，除了翻講稿，並沒有任何手部動作。

離開立法局是中環上班族的下班時間，拿着沉甸甸的400mm鏡頭、單腳架和本身的攝影器材，隨着人潮流進地鐵站，再讓自己被塞進車廂，令人厭倦。

記得有一次，我剛好能擠進車廂，車門正要關上之際，一名女士（不算是少女，也算是太太的一名女士）懷着極大的決心，要成為登上列車的最後一位乘客。看到她從扶手電梯向我衝過來，我暗叫不妙，心想：「不是嘛！」

她沒有聽到我心裏的話，毫不猶疑地一手抓着，我非常肯定當時在她意識中，我的手臂是一把金屬扶手。她竭力捉着我的臂把自己拉進車廂，我不懂反應。最後想到不作任何反應是最好的反應，當然為防她把我拉出車廂，我也必須穩住腳步，千鈞一髮之際，她成功地擠了進來。

她對於自己過度用力沒有表示絲毫歉意或尷尬；當然也沒有道謝，有誰會感激車廂內的扶手？或者對於自己過度用力而表示歉意。她神態自若，自在地享受及時擠進車廂的滿足。

2

回到報館，我感到拿着鏡頭和單腳架的左手有點麻痹，我告訴自己，下次還是用 300mm 鏡頭吧。當然我心裏又暗暗知道，為了相片有更好的效果，下一次我又會忘記今天的教訓，再次選擇 400mm。

把膠捲放進沖印機，看着其他同事的膠捲從沖印機的出口被吐出來，像長長的一條蛇，膠捲印着一格格的影像；可能只是讀者明天看過就忘掉的影像，也可能是模糊不清的失敗之作，亦可能是非常重要的歷史時刻，會被收藏起來，成為數十年甚至數百年後的珍貴歷史材料。我們做的就是這樣的一種工作，不斷地捕捉影像，將發生在某時空的某事件記錄下來，很多人覺得記者，尤其攝影記者是客觀地記錄事實；但何為客觀？當我提起相機，選取哪個角度已是很主觀的選擇，我把鏡頭看到的記錄下來，但鏡頭以外更多的人和事卻無聲無色地溜走。

「請問阿康在嗎？」一把熟悉卻陌生的聲音，熟悉是真的很常聽到，陌生是從沒在攝影部聽過她的聲音。

我還未步出擺放沖印機的小房間，已聽到阿偉高叫：「阿康，有人找你！」

「來！阿燕，你找我有事？」我問。從來只有我到資料室找她，她不會過來找我。

她白皙的臉泛起一片嫣紅，襯着那雙像彎月的眼睛，很美。

她柔聲問：「你有空麼？」

「有啊，反正有點餓了，你陪我到飯堂吃晚餐，好麼？」

「好啊，謝謝你！」

阿偉在我身邊扮鬼臉，我一手推開他。

燕大概感覺到我們之間的騷動，問：「有什麼問題嗎？」

「沒有。」阿偉對燕的敏銳感到吃驚，誇張地做了一個吃驚的表情，便悄悄地走開。

飯堂內擠滿了同事，我們好不容易才找到一個略為安靜的角落。

「你吃這麼少就夠了？」我把她點了的腿蛋治和「茶走」放到她面前。

「我不餓。」

「找我有事嗎？」我眼前的排骨飯真香。

她輕聲道：「有一件事想找你幫忙。」

「你一直幫了我很多，有什麼能讓我幫得上的話，儘管開聲。」

看見她欲言又止，我試着問：「是很難的事情嗎？」

「對你來説，應該不太難吧。」她的聲音比剛才更小，頭也垂得很低。

「那你不妨告訴我吧。」

「我想……」

排骨飯真的很香，但這時候吃不太好吧。

「我想……你替我拍一輯照片。」她終於把要求說出來了，下巴已貼到胸前。

在她說出要求前，我告訴自己，無論她說什麼，我都會輕鬆而誠懇地說沒有問題的。所以當她說出要求時，我還未清楚她的要求是什麼，已聽到自己回答：「沒有問題啊。」

待腦袋接收到她的要求，我發自內心地再說了一遍「沒有問題啊」。

「真的沒有問題嗎？」她戰戰兢兢地問。

「有什麼問題嗎？」我反問。

「一個失明的人要拍一輯照片，你不覺得很奇怪嗎？」

「我倒沒有從奇怪與否的角度來思考。如你所說，

對我來說該不是一件很難的事，我只是單純地從我是否能做到的角度去想，從這角度去想，似乎沒有什麼問題。」

「你不會想，失明的人為什麼要拍一輯自己的照片嗎？」

「這我沒有想過……會有着各種的可能性吧！例如寄給遠方的親友、放在家中讓客人欣賞、把照片留下來讓將來的兒女看……我想總有各種各樣的用途。」

「我倒沒有想到這麼多可能性。你想知道我為什麼要拍一輯照片嗎？」

「如果你不介意告訴我的話，我想知道。」

她怯怯地問：「你會笑我嗎？」

「我會笑的嗎？」

「我不知道啊。」她說。

「我不笑你就是了。」我在心中告訴自己，無論她說什麼，我都會嚴肅地看待，那就一定不會笑。

「有一個很有名的劇團，正籌備一齣關於失明人的舞台劇，他們正招募真正的失明人士演出，我需要一輯照片來報名。」

一個失明人演舞台劇，沒有笑的理由，倒是有點難以置信。

「我真佩服你啊，單是想想已覺得不容易，世界上好像沒有事可以難倒你。」

「我沒有你所說的那麼厲害，我覺得困難這東西只是對一件未開始進行的事情的評估，一旦開始了就沒有所謂的困難。我可能不及別人出色，甚至未必成功，但我能盡力地嘗試過就很滿足了。或許我所追求的就是對所有事情都全力以赴，最後結果如何並不重要。」

「雖然道理很簡單，但實踐起來卻很困難。」

「不是啊！阿康，你在我心中一直是個能排除萬難，追尋和揭露事實真相的好記者。」

「可惜真實的我沒你想像中能幹。」我想起光仔和青年墮樓的事，感到自己的限制太多。

「不！像上次那宗學生在課室離奇死亡的案件，你比警方更快找到真相啊！」

朱肇昌的話從那疑幻疑真的記憶中跑出來：「這案件現在由我負責，看你能否比我更快找到真相。」

我實在無法做到燕所說那樣，一旦開始了就沒有所謂的困難。我想，事情已經開始了，卻是困難重重。肇昌所說的可是真實？是我在扭曲時間軸中的虛幻記憶，還是他隨便說說令我傻傻地追查而已？即使是真的，但一點線索都沒有，怎樣追查？光仔是線索嗎？他看到當晚發生的事情嗎？即使他看到，我怎能知道他看到什麼？

「阿康。你還在嗎？」

「不好意思，我還在，只是想得入了神。」

「有什麼我能幫忙的嗎？」

我想起上次的學生課室離奇死亡案件，沒有她的幫助未必能找到真相。

「我在追查一宗離奇的墮樓事件，警方最初說是自殺，但我認識的一名警員說另有內情。我嘗試追查，卻困難重重。」

燕聽到我特別強調「困難重重」，瞇着眼睛微笑道：「一旦開始了就沒有所謂的困難啊！沒有任何線索嗎？」

「還記得上次跟你說過那個繪畫天分很高的自閉症小孩嗎？我猜他可能目睹事情，但我無法知道他看到

什麼。」

「這麼巧合？」

「雖然有點不可思議，但巧合就是這麼一回事，這個詞語存在的本身就是為了形容一種令人難以相信的處境吧。當然，這只是一個無法證實的猜測。」

「你說他有驚人的記憶力，如果他看過，或許仍會記得，可以將當時的情況畫出來。」

「事發之後，他像受驚過度，不敢走近窗邊，即使真的看到當晚情況，我也不知該用什麼方法才能引導他畫出來。」

「可以詳細說說關於他畫畫的事情嗎？」

我把初次遇上光仔，他把我畫下來，到前幾天他在家中對着自拍照畫自畫像，和對照相機情有獨鍾等事都告訴燕。

燕留心地聽，期間喝了一口「茶走」，當喝第二口「茶走」前，她問：「你説他會對着自拍照畫自畫像？」

「對，就像對着實景一樣，看完一次就可以把相片中的原原本本……」我沒有説下去，因為腦袋浮現出更重要的事情。

腦袋不受指揮地忙碌着，是不受指揮而不是失控，它似乎很有秩序和高速地運轉，我不知它會帶我到哪裏，但似乎是一個很正確的方向。然後腦袋像帶着一份有清晰結論的報告回到原來的崗位。

如果給光仔一張當晚的現場照片，他也會將它畫出來。腦袋將它的報告結論清楚地告訴我。

雖然沒有十足把握，但總算有了方向，如燕所説，可以全力以赴，盡情盡力地一試。

「謝謝你！」我説。

「怎麼突然謝謝我？」燕眨着大眼睛，不明所以地

問。

「謝謝你提醒我可以怎樣追查下去。」

「是嗎？看來你已想到辦法。」她一臉天真地說。

究竟眼前這女孩是個隱世高人，還真的只是個天真女孩？我真搞不清。腦袋又忽然提醒我，人家是找你幫忙，你卻只記掛自己的事。

「你想我何時替你拍照？」我問。

「先完成你的事情吧，我的慢慢再說。」她把最後一口「茶走」送進口裏，眼睛滴溜溜地轉。

「兩星期後的星期天，可以嗎？你不用上班，那天我放假。」

「可以啊！真感謝你。」她又爽朗地笑了。她真是個很特別的女孩。

光仔最後的幾筆，
令我不由自主地打了個寒噤——

記憶之像

1

課室內只有我和朱肇昌，其他同學不知往哪裏去了。

朱肇昌身穿整齊的校服，胸前的襟章寫着的，不是班長而是警察，他站在課室的黑板前，自負地向我一笑，便轉身在黑板上抄寫今天的家課表。他不停地寫，沒完沒了地寫，我看得心裏發毛，我怎能完成這麼多功課！

「太多功課了！」不知哪來的勇氣，我大聲抗議。

他回過身來，原來的校服變成警察制服，他指着我，並以同樣大的聲音説：「這案件現在由我負責，看你能否比我更快找到真相。」説完，他縱聲大笑起來。

睜開眼睛，朱肇昌的笑聲猶在耳邊。

我在樓下的茶餐廳，外賣一客腿蛋三明治，趕回

報館。

電腦設計組的同事欣欣說，她在《世紀日報》上班三年，從未試過早上九時就回到報館，說可一不可再。我向她保證不會有下次，同時答應請她吃伊藤家的芝士蛋糕。我站在她身後，看着她熟練地將青年墮樓當晚拍得的照片，跟前幾天在光仔家拍到的現場照片合成起來。雖然拍的角度和時間不同，但欣欣迅捷地移動滑鼠，雙手在鍵盤上飛快地游走。一張從光仔家看出去當晚現場的照片，在電腦屏幕上漸漸形成。

「這裏有點不自然，要把它弄走嗎？」欣欣指着照片上的一處反光點。

「可以稍稍放大來看嗎？」

「沒有問題。」說完，欣欣即把照片放大幾倍。

「似乎是掛在窗邊的衣物，因閃光燈造成反光。能否保留它，但將反光程度減低一點？」

欣欣立即移動滑鼠，問：「這樣可以嗎？」

照片上的反光點漸暗，光度減低至百分之二十時，我說：「好了。」

雖然手法純熟，但欣欣都花了整整兩個小時才大功告成。

期間，我打電話給燕介紹的臨牀心理學家，將計劃要做的事告訴她，請她給予意見。得知不會為光仔帶來無法彌補的傷害後，我把欣欣合成的照片列印出來，然後將昨晚在攝影部拍下各種器材的照片混在一起，放進公文袋。

給光媽打電話後，我便趕往花園街他們的家。

* * *

「這樣做會出事嗎？對光仔真有幫助？」光媽帶點緊張地問。

「我不能保證一定有幫助，但相信不會對光仔造成

傷害。如果知道光仔當晚是否真的看到什麼，或許能找到辦法幫助他。你現在還可以作最後選擇，我會尊重你的意願。」我說。

光媽憂心忡忡地看着坐在地上的光仔，光仔身體有節奏地前後輕微搖晃，雙眼聚焦在空中的某處，臉上找不到任何情感的信息。

雖然沒有言語，但光媽對兒子那份愛卻在空氣中瀰漫，或許光仔目光停在空氣中的某處，是以他特別的方法去感受母親的愛。

「好吧，我不想他帶着莫名的恐懼過日子。」光媽把光仔帶到小桌前，在桌上擺放幾枝鉛筆和一疊畫紙。光仔看了媽媽一眼，像有點雀躍，似乎知道又可以做自己喜歡的事。

我把預備好的相片放在光仔面前，第一張是在報館攝影棚拍下的大片幅照相機圖照，相信光仔不會在一般的店舖內見過。他聚精會神，約兩分鐘後，我將相片拿走，他的眼睛盯着相片直至我把它放到身後。

光仔的目光失去焦點，然後又回到畫紙上。他開始拿起鉛筆，看着他運筆如飛，眼睛透着光芒，若不是親眼看到，實在無法想像。

不到十分鐘，光仔已完成第一幅畫作。我連忙拿出第二張照片，800mm 長鏡頭配上藝康 F3。我刻意以巨大的鏡頭作前鏡，以廣角鏡拍攝，營造誇張而富趣味的效果。

一分鐘後，我收起照片，光仔跟之前一樣，眼睛跟着照片直到我把它放到身後，接着，他重新看着面前的白畫紙，沒有任何動靜。

「光仔，將剛才看到的畫給媽媽看，好嗎？」光媽試着湊近，鼓勵光仔。

光仔似乎明白了媽媽的話，復又開始在畫紙上動

筆，速度愈來愈快，只消十分鐘就完成了。光媽在光仔面前豎起大拇指，光仔很開心地笑了。

是否該在這時候拿出合成照？我會否太急進了？再拖延下去，光仔會否太累而不願再畫？

我決定再試一張照相機的照片，照片除了照相機外，旁邊還放了特意放大至 8 X 10 吋旺角街頭照。我讓光仔只看了約三十秒就拿開照片。

光仔的目光這回沒有跟隨我的照片移動，他只定睛在原處，彷彿照片仍在那裏。

我跟光媽交換一下眼神，她再次挨近兒子，道「將剛才看到的畫給媽媽，好嗎？」

光仔沒有任何回應。

我和光媽都不敢作聲，靜待着。

過了約一分鐘，光仔開始在畫紙上動筆，他先畫照相機，後畫照片中的照片，這一次的速度並不快，似乎要在記憶中尋找和整理。雖然如此，過程也不超過二十分鐘。

看到光仔的能力，光媽激動地豎兩根大拇指，光仔滿足地笑了。

我把合成照片放到光仔面前，感到心跳加速。光仔認真地閱讀照片，三十秒後我把它拿走。

他呆呆地看着桌上空白處，彷彿照片仍在那裏。

「光仔，將剛才看到的畫給媽媽，好嗎？」

即使光媽在旁鼓勵，光仔仍沒動靜。

我應否再讓他看一次合成照？

「光仔畫畫給媽媽，媽媽陪你看《幪面超人》。」光媽替光仔換上一支新鉛筆。

光仔瞥一眼媽媽，又看看電視機，看來明白媽媽

說的話。

光仔終於執筆，左手流麗地移動，事發那天晚上的現場活現紙上。光仔的手開始慢下來，畫紙上的圖像幾乎已跟合成照一模一樣，只欠馬路上的警車和救護車。但他似乎仍在記憶中搜尋什麼。

「光仔，加油！畫下去吧！」我在心裏喊叫。

光仔怔怔地看着自己的畫，手停在空中。雖然他具體真實地在我面前，但我卻感到他的思緒進入畫中。不對，應該是他被吸進畫裏。他看來並不願意，神態更見不安，卻又無法表達。

光仔終於以尖叫聲來對抗。雖然已作好了心理準備，但那歇斯底里的尖叫仍把我嚇一跳。

他尖叫的同時，擲下了鉛筆，跑到我叫光媽預先準備好的厚墊上，那是他晚上睡覺的地方。

「那天晚上，我見到他時就是這樣。」光媽上前蹲下抱着光仔。

光仔的臉貼在媽媽的胸膛上，光媽柔聲安慰他。

好長的時間，室內只有光媽的聲音：「光仔不用怕，有媽媽在。」像錄音機不斷的重複。

良久，光仔的情緒漸漸平復下來。

「我想，他該看見了當晚對面大廈天台上，那人墮樓的情況，而不是單純被警笛聲嚇怕。只是他看到什麼，我實在無法知道。我想，如果光仔受驚嚇的情況持續沒有改善的話，搬家或許會有幫助。」我輕聲地對光媽說。

「我曾考慮過搬家，但以我們的經濟狀況，也不是想搬就能搬。這裏的包租婆同情我兩母子才以較便宜的租金把單位租給我們。」

光媽輕輕撫摸光仔的頭，光仔瑟縮母親懷裏，漸漸感到安穩。

「或許我可以跟負責社會服務版的同事商量一下，看有沒有辦法。」

「我們不想被刊登在報紙上。」

光仔開始注視媽媽的臉。我說：「我明白的，你不用擔心。」

「光仔想要什麼？不用怕，媽媽在身邊。」光媽溫柔地哄他道。

光仔扭過頭去，把目光投向電視。

「原來光仔想看電視，想看《幪面超人》是不是？」光媽說。

光仔的目光又回到遠處的小桌。

「光仔已畫好畫，當然可以看《幪面超人》。」

光媽想站起來開電視，光仔卻抓着她不放。於是光媽扶着光仔站起來，兩人扭在一起向電視走去。

光仔卻中途停下，牽着媽媽往回，走近小桌，眼睛盯着桌上的畫。

「不用再畫了，別怕。」光媽蹲下來抱緊光仔。

光仔的眼睛凝視着那畫，像在記憶中尋找什麼。但見他沒尖叫，我和光媽都沒有做聲，靜靜地等待着。

光仔更用力地抓着媽媽，然後將媽媽推向小桌邊，讓她夾在自己和小桌之間。他探手去拿鉛筆，飛快地在畫紙上畫了幾筆，將筆拋開，再次把頭埋在光媽懷裏。他盡力地完成媽媽的吩咐，先畫好畫才能看電視。

看到光仔最後的幾筆，令我不由自主地打了個寒噤——光仔在青年墮樓的天台畫上一個女孩！

電視畫面出現了幪面超人和怪獸大戰。

女孩站立的位置，剛好在一個可能是電梯房或電錶房的石屎建築物和天台邊緣之間，那是一處隱蔽的

角落。大概是因為站在兩堵牆之間，牆身構成的陰影剛好落在女孩的頭上，所以光仔並沒有清楚看到她的樣貌。

光仔已放開了媽媽，自己坐在電視屏幕前，跟幪面超人並肩作戰，暫時不需要媽媽的保護。

畫中的長髮少女，像在學校早會集隊一樣純粹地站着，她身穿一條半截裙，看似是帶着些規律的花紋，和幾處面積頗大的污漬。

看着光仔的畫，我感到有點迷惘。這個少女當晚真的在天台出現過？而不是光仔把幪面超人的記憶摻雜進去？少女跟青年墮樓有何關係？我該如何追查下去？是否該將事情告訴朱肇昌？他會相信嗎？

幪面超人終於反敗為勝，光仔望着光媽，光媽把另一盒錄影帶放進錄影機。沒多久，幪面超人再次現身屏，跟另一隻怪獸作戰。

我到窗邊再拍了幾張對面大廈的照片，並告訴光媽不用擔心，我會想辦法幫助光仔脫離恐懼。

離開時，幪面超人再度處於劣勢，但我並不擔心，因為他最後總能取勝。

我用上次的方法來到對面的天台，不同的是今次特別小心，沒有再被小釘鉤破攝影袋。小釘上的布碎已不見了。

我在這邊的天台能隱約看到光仔家裏的情形，有衝動向他大叫，跟他揮揮手。最後我沒有這樣做，怕對面全幢大廈的人都望過來，而光仔卻不理會我。

對面大廈光仔附近單位的人會看到當時的情況嗎？我怎會沒想到？

我又跑回對面大廈，以光仔的單位為中心，向上下左右的單位詢問，除了一家沒有人應門外，其餘都說當時已經睡了，什麼也沒看到。還有一家說前幾天

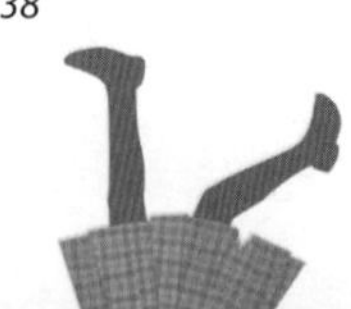

警察才問過，着我不要再騷擾他，便猛力關上大門。

暫時只能到此為止吧，我告訴自己。

2

如果峰仍在，他一定不會就此罷休。

在街角的茶餐廳坐下，伙計問：「吃些什麼？」

我不假思索地說：「腿蛋治，熱檸茶。」

「不，要『茶走』吧。」希望轉換一下口味能為腦袋帶來刺激。

如果峰在，他會如何追查？我抖擻一下精神，將事情再想一遍。

假如朱肇昌所言非虛，青年人不是自殺，那麼，光仔畫出來的少女就是殺人兇手嗎？但她是怎樣殺人的？他們互相認識，在那青年人不在意時把他推下樓去？

找到那少女就能知道答案吧，但如何能找到她呢？我只希望這少女不是《幪面超人》裏的角色。

拿着光仔的畫仔細觀賞，真驚歎於他的才能和視力。那天晚上的夜半時分，燈光昏暗，而他竟能看到裙上的花紋。

一陣銀鈴似的笑聲從身後傳來。「兩個茶餐 A，兩個茶餐 B，我飲凍檸茶」「我要紅豆冰」「我也要凍檸茶」「我也要紅豆冰」「你總是要學着別人……」

「兩 A 兩 B 兩凍檸茶兩紅豆冰。」伙計重複道。

光仔真的看得如此清楚嗎？我應否相信一個自閉症兒童憑記憶畫出來的圖像嗎？

記得那晚的月亮很圓很亮，我從攝影袋拿出記事簿，翻到日曆部分，果然是農曆十五。不經不覺一個月了，明天又是十五。

「可不可以多給我一把叉子？」身後的少女說。

「我替你拿吧。」另一個少女說。

一名身穿校服的少女在我右邊經過，白色襯衣配格仔半截裙，一種似曾相識的感覺。

不期然抬起頭，少女拿完叉子回過頭來，與我四目交投，並給我擺出一副「看什麼！討厭！」的嘴臉。

格仔裙再飄過，那似曾相識的感覺逐漸清晰——那天在街上追逐的少女所穿的校服裙，當時被T恤蓋着。但腦海的片段像倒帶似的，直停在天台鉤着攝影袋的小釘上。

雖然不能完全肯定，但格仔裙確是鉤起了小釘上布碎的記憶。記憶這東西從不受控，既然它跑出來，就暫時相信它吧，最少暫時讓我看見可做的事。

慢慢呷着「茶走」，享受火腿和雞蛋的美妙配搭；聽着少女們談論男女之間的事、老師的事、課堂的事，久違了的校園生活，在記憶中如輕煙裊裊。

待茶餐廳復歸平靜，我由伙計口中得知剛才的少女來自附近一間中學。從玻璃倒影看到她們動身離開，好想看看她們的裙子有否破損，但只是想想而已，沒有付諸行動，實在難以相信世事竟會如此巧合，事情這麼簡單就能解決；也不想揹着一身的攝影器材跟在幾個少女身後，眼睛緊盯着她們的裙擺。

回報館前，我再到大廈天台，想像當晚某少女在這裏殺人的各種可能性。

跟盧傑和採訪主任商量，光仔的一段我只是輕輕帶過，沒有提及他驚人的記憶和繪畫才能。他們覺得目前的一切只屬個人推測，不宜向警方舉報，着我繼續跟進，還指派入職才半年，剛大學畢業的洪晶協助。

我把事發當晚拍得的照片重看一次，放大部分照片，希望在當中找到蛛絲馬迹，但眼皮已撐不住，

轉動一會就自動合上，還製造零碎的夢境。我決定投降，把照片塞進攝影袋，拖着疲乏的身軀離開報館。

3

第二天，洪晶在校服店門外對我說：「康哥，很高興可以跟你學習。」

「我感謝你幫忙才對。」她今天的打扮很年輕，的確像個高中學生。

我們走進校服店，說出學校的名字，店員熟練地替她度身。洪晶的身形偏瘦，店內有現成校服，不用訂造，我們付了錢就離開，只消幾分鐘便花了四百元。

在昨天遇上穿校服少女的茶餐廳午飯，我將整件事告訴洪晶，她很專心地聽，不住地點頭，沒有發問題也不用我多作解釋，讓人感覺是個聰慧的女孩。

「可否先到事發天台看看？」這是她惟一的提問。

我們在天台逗留了一會，按着光仔的畫，確定了畫中少女站立的位置，推測各種可能性；洪晶把新買的校服裙套在牛仔褲外，於兩幢大廈的天台往來好幾次，測試從哪一幢的天台到隔鄰的一幢，裙子更容易被小釘鉤破。

結果是不能確定。

放學時間，我們到那所中學碰運氣，但碰到什麼才算好運呢？

結果當然沒碰上畫中的女孩，卻發現該校除了格仔裙校服，部分同學會穿橙色運動衣和深藍色運動褲上學，為了方便上運動課吧。橙色運動服在右邊袖有兩條銀色的帶子，很有格調。

待到晚上，在同一間茶餐廳吃晚飯，不時看着對面兩幢大廈。結果除了發現茶餐較晚餐美味外，沒有

其他收穫。

抵達光仔家時，幪面超人正忙於打怪獸。

洪晶的出現把光仔從幪面超人的世界拉回現實，他立即躲到室內的一角。洪晶拿出我預先給她的即影即有照相機，用來為我拍照，照片從相機的頂部慢慢升起，發出獨特的軋軋聲。

看見光仔並不抗拒，我向洪晶道：「替他拍一張吧。」

「即影即有」吐出第二張照片，光仔仍舊沒太大反應，我再吩咐洪晶：「把照相機和照片放在地上吧。」

光仔看着地上的照相機和漸漸浮現自己樣子的照片，開始感到好奇，坐在地上慢慢靠近。我們知道策略成功，洪晶可以在光仔的「准許」下留低。

光仔把玩照相機一會，又再被身處險境的幪面超人吸引過去。

還要等待一段時間，我把昨晚還未細看的照片再拿出來，跟光媽聊天——

在光仔三歲那年，丈夫跟她離婚，還把比光仔大三歲的哥哥帶走，剩下光仔跟她相依為命。後來她知道丈夫跟另一女人結婚了，新媽媽對大兒子不錯。她就沒再理會這對男女，專心照顧光仔。

究竟這個世界出了什麼問題？我問自己問這世界也問上帝。

「雖然很多時都不知道他在想什麼，不過，他挺善解人意的，這樣說好像有點奇怪，但我不開心的時候，他總會靜靜地坐在身旁，依偎着我，即使沒有言語，卻比言語帶來更大的安慰。」光媽說。

「無聲勝有聲吧。」洪晶回應道。

光仔忽然把目光從電視轉到光媽身上，確確實實地是身上而不是臉上，或許知道我們在談論他，又或

許只是剛好在這個時候做這個動作吧。純粹的動作，沒有任何動機或含意。

屏幕上幪面超人騎着電單車飛馳，我才想起帶了禮物給光仔。

光媽在幪面超人打敗第四隻怪獸後，讓超人歇歇，也讓光仔休息。我趁機會把幾經辛苦在牛頭角下村找到的玩具拿出來，這幪面超人電單車最特別之處就是能發出跟警車一樣的響號。

我試着把玩具車推到光仔面前，讓它發出警號，光仔沒有反應。我在他面前再使勁地推了幾下，讓響號的聲音更大，他還是沒有反應。我讓車留在他跟前，他也不加理會。

「看來他並不怕警車的響號。」我向光媽說。

她忙着為兒子佈置睡眠用的厚墊，只向我點了點頭，說：「光仔很難入睡，卻很易醒過來。」

「我們會儘快完成這事。」我說。

時間按着既定的速度前進，幸好我沒有晃進扭曲的時間軸，否則那慢動作會急煞人。到了心目中的時間，洪晶換上新買的校服，獨自走到對面的天台。

光媽在光仔身邊輕聲哼着不知名的調子。童年的回憶像輕煙在腦海中飄盪。

我在窗旁拿着光仔的畫，比對着洪晶逐步走近畫中少女所站的位置，我心裏冒起一種不寒而慄的感覺。

因着牆的陰影，我看不清洪晶的樣子，但靠着月亮和霓虹招牌的光，半截裙的格子還是隱約可見，正如光仔畫中那有規律的花紋。可以肯定，那少女當時正是穿着這款式的格仔裙，而那幾片面積較大的污漬原來是不同光源縱橫交錯造成的陰影。

我打電話給洪晶，着她把束起的頭髮放下來，她模仿光仔畫中少女的形態，像在學校集隊般站立。從

照相機的觀景器看出去，眼前的一切竟跟光仔畫的一模一樣。

以不同焦距的鏡頭拍了幾張照片後，我再吩咐洪晶到樓下跟我會合。

光媽抱着光仔睡着了，場面溫馨，我按了一下快門才悄然離開。雖然有點不大好，但不忍吵醒他們。

「我現在回報館，你先回家吧。」我跟洪晶說。

「你現在回報館？」洪晶重複我的話，一臉不解。

「是的，我要把剛才拍的膠捲沖印出來。」

「要這樣急麼？」

「我不知道。只知道拖得愈久，變數愈多，找到真相的機會愈渺茫。」

「我可以跟你一起回去嗎？」

「當然可以。」

回到報館，攝影部的同事都離開了。將沖印機重新起動，要等上三十分鐘，我便從突發組肥文那裏拿了兩包即沖咖啡。

「這些照片就能幫助我們找到真相？」洪晶一隻手指着我的照相機，另一隻手把咖啡杯送到嘴邊。

「在真相出現前，我也沒十足把握，畢竟有太多事情超出了我們的估計和想像。」

從攝影袋把放大了的事發現場照片拿出來，用放大鏡確定一下自己的發現，才遞給洪晶看，「你看這一張有何特別之處？」

「照片很有氣氛，能看到天空的月亮，前景有警察，地上看到躺着的人。」她的眼睛仍在照片上不斷尋索，很認真地作了分析。

「還有沒有別的？」

她又看了一會，良久才抬頭道:「真的看不出來。」

信號響起來，沖印機準備妥當，我把膠捲放進去，又回頭指着裝有舊鎖的大廈的一個單位，說：「看到這裏的反光嗎？」

「看到啊……有何特別呢？」

「你用放大鏡看看。」

「是今天那間中學的運動服！」洪晶驚訝地叫道。

「對！我一直沒留意這反光點，直到今天看到那運動服才明白過來。」

「兇手就住在這裏？」她以很高的聲調說。

「現在沒有證據顯示天台的女孩是殺人兇手，她跟案件有沒有關係，還有待查證。另外，這單位內即使住着那中學的學生，也不一定就是天台的女孩，可能只是巧合。」

洪晶臉上的興奮驟然消失，她輕輕歎一口氣，我們都沒再說話，只是喝着咖啡，等待黎明的到來。

待膠捲從沖印機吐出來，我把膠捲拿到燈箱，用放大鏡逐格檢查，選了最合適的幾張印成照片。

「跟真的幾乎一樣啊！」洪晶拿着剛印出來的照片，放在光仔的畫旁邊對照。

「人的視覺本來就容易被欺騙。」

洪晶仍舊拿着照片，目光在照片和畫之間來回。

「有沒有聽過一個蘇聯導演，名叫庫勒雪夫（Lev Kuleshov）?」我問。

她搖搖頭。

「庫勒雪夫曾經做過一個實驗。他把一名演員毫無表情的特寫鏡頭，分別與一碗湯麵、一副躺着一個女人的棺材，以及一個小女孩正在玩耍的鏡頭連接起來，然後把這三組片段放映給不同的人觀看。」我喝

了一口咖啡，告訴自己它會助我提起精神。

洪晶再喝了一口咖啡，看來並不疲累。

「結果三組觀眾在那本來毫無表情的臉孔上分別看到飢餓、憂傷、快樂三種截然不同的情緒。人的視覺和感情的聯繫是多變而複雜的，只是我們今天都太忙碌，沒有時間深究罷了。」我喝掉最後一口咖啡，將新的膠捲放進攝影袋，把剛沖印好的照片夾在街道圖當中，問洪晶：「準備好了嗎？」

洪晶用力地點了一下頭。

離開報館時，天空泛着魚肚白，我想起那天採訪完墮樓事件離開現場時，天邊也泛起一樣的魚肚白。不知道是否每一天的魚肚白都一樣，也不知道為何記憶會泛起那天的魚肚白，而不是中學時期跟同學到大嶼山露營時的魚肚白。

記憶這東西真奇怪。

誰是受害者？
一切超出我的估計……

墓前的日記

1

為免太張揚，我選擇乘的士前往花園街，捨棄印着醒目的報館名字的採訪車。

下車後，我朝目標大廈走去，開始感受到陽光的熱力，相信今天是個陽光普照的日子。

不遠處的兩部私家車走出幾個男人，直覺教我感到有點不尋常，連忙拉着洪晶躲在一旁。

再看清楚，眼前的其中一人，竟然是朱肇昌。

埋怨自己來晚一步之際，卻見一個身穿格仔校裙的女孩剛踏出目標的大廈，她見到朱肇昌等人有點吃驚，立即退回大廈內，朱肇昌等人忙於下車竟沒發現。

少女留着一頭短髮，跟光仔畫中的不同，裙子的長度則較畫中的更短。雖然外表不似，但她的舉動卻叫人起疑。

待朱肇昌等人進入大廈，洪晶想立即跟上去。

我拉住她道：「現在進去只會被他們攔阻，我們多等一會吧。」

不一會，剛才的少女又從大廈走出來，她謹慎地環視四周，才快步往界限街方向走去。

我和洪晶連忙跟在後面，我問：「你留意到她揹着的袋子跟剛才的不一樣嗎？」

「是嗎？」

「她要上的士！」我急忙追上，但還是遲了一步。

洪晶在我身後大叫：「後面有的士！」

我倆跳進車廂，讓司機跟着前面那輛的士。

「剛才她用的是粉紅色的斜背袋，現在變了黑色的背包。」定過神後，我告訴洪晶。

「她會否拿了些衣服準備逃亡？」洪晶這問題令我

想起荷里活某些電影橋段，尤其片名叫什麼逃亡的。

「我不肯定。」我敷衍着，心中有點後悔剛才太匆忙就跳進車廂，沒有分頭行事，留下一人在花園街，說不定朱肇昌那邊會有什麼發現。

「喂，是彬哥麼？我是阿康……」原來「坐堂」已由夜更的肥文轉成早更的彬哥，報告了情況，我着他派人到花園街跟進。

的士沿界限街轉入窩打老道，準備駛進獅子山隧道，一直朝北行，難道真如洪晶所說，她要逃亡，而最方便的就是逃到中國大陸去？

接近早上八時，路上的車輛稀少，司機輕易就跟上了前面的的士。

身體稍停下來才感到疲累不堪，我感到眼皮沉甸甸。身旁的洪晶同樣努力地撐着快要合上的眼睛。

的士來到吐露港公路，我把玻璃窗降低，讓早晨

的涼風幫助自己提起精神。

車上的對講機響起來：「阿成，阿成，在什麼位置？今晚三缺一，有無興趣？」

我看見車頭放着的工作證寫着趙國成，他回應道：「北區，快到粉嶺。今晚佳人有約，下次吧。」

如趙國成所説，的士駛入了粉嶺公路，再朝邊境方向駛去。

雖然明知的士不能直接駛過邊境，但我還是打開攝影袋，確定隨身攜帶了回鄉證。就在此時，的士從快線轉到慢線，靠左駛離高速公路。

我瞥見指示牌寫着和合石。

我和洪晶對望一眼，沒有説話，相信大家都感到少女前往和合石令事情更顯怪異。

我囑咐司機道：「請不要靠得太近。」

的士終於停下來，少女下車後快步跑向墳場。我看前面的的士沒有離去的動靜，也着趙國成在這裏等待，便和洪晶下車。

早上的和合石沒半點人影，我們不敢走近。只見少女停在一個墳前蹲下，未幾又站起來，由於視線被擋住了，我看不到她蹲下幹什麼。

少女轉身朝我們走來，眼看沒有躲避的地方，我只好拉着洪晶向身旁的墓碑鞠躬。少女在我們身邊經過，警覺地瞥了我們一眼，便繼續前行。

我低着頭偷看少女，從她的步伐和背包擺動的幅度，感到重量似乎輕了，或許已放下了祭品吧。然而，大清早一個少女穿着校服不上學，卻老遠乘的士來拜祭，有點古怪。

「你跟着她，不用理會我，我再找你會合。有什麼事情就電話聯絡吧。」我在洪晶耳邊低聲説。

由於剛才視線受阻，無法確定她曾在哪個墳前停留。我在附近徘徊，找不到有剛拜祭過的迹像。

怎會這樣？難道我弄錯了？她根本沒放下任何東西，只是蹲下來打掃墓碑？

我開始留意每個墓碑，當中有一個吸引了我的注意。這是合葬的墳，一男一女同日去世，兩人年紀相約，去世的時間距今約兩年，男的名叫黃日輝，女的名叫陳少英，署名是女兒心靜。

我蹲下來仔細檢查，發現那個佈着微塵的墳墓有幾個不易察覺的掌印，我圍着墳墓轉了兩圈，沒有任何發現。

我再檢查那些掌印，發現其中一個是在中央靠近碑的位置，由於這是個拱形的墳，把手按在這位置是很不自然的。我嘗試跟着掌印將左手放上去，我不得不探頭往內瞧瞧，果然有所發現。

拱形墳頂的中央有一個黑色強力膠紙黏附着的包裹，很薄的四方形狀，用黑色膠袋包着。由於墳頂正中央呈弧形，四方盒剛好平平地黏附其中，不刻意把頭伸進去，根本無法看見。

我先將頭退出來，認真地向黃日輝和陳少英鞠躬，然後再伸手進去，靠着手部的觸覺，把那四方盒取下來。

早上的墳場一片寂靜，只有風聲和蟲鳴，幸好陽光照射在皮膚上，讓氣氛不致太陰森恐怖。

黑色膠袋沒半點塵埃，該是剛放進去不久吧。

打開黑色膠袋，原來不是盒子，而是兩本硬皮簿。

我趕緊翻開來看，雖然未細看內容，但從格式看來似是兩本日記，密密麻麻地寫滿了字。

2

青年墮樓當晚是什麼日子呢？從攝影袋找出更表，推算上次當夜更的日子，印象中是那期夜更的第一天── 9 月 15 日。

我翻到 9 月 15 日的一頁，上面只簡單地寫着幾個字，叫我感到毛骨悚然：

我真的把他殺了！

合上日記簿，邊跑邊打電話給洪晶：「我找到兩本日記，真的是她把那個大學生殺了！你是否還跟着她？」

「我跟着她到了上水區內，不知她想到哪裏去。」

「不要讓她跑掉，我正趕上來跟你會合。」

沒等洪晶回答，我就掛斷，馬上撥電話給彬哥。

「朱肇昌那邊情況如何？上水。」我在路口跳上的士時問彬哥，同時跟司機說。

「沒有新消息，似乎毫無進展。」

簡潔地向彬哥報告了情況，我又給洪晶打電話。

洪晶不待我問就說：「我在一家叫慈福的護老院外。少女正跟一個婆婆在一起。」

「司機，請問你知道慈福護老院在哪裏嗎？」

「知道！」的士司機滿有信心地回答。

「我現在趕過來。」同樣不等洪晶回應，我就掛線。

趕緊翻開日記，我的目光停在其中一篇，那是9月1日，事發前兩星期——停下來是因為那一頁紙跟其他的不一樣，留有濕透的痕迹，雖然面積不大，卻很明顯。

九月一日　星期日　陰

為何會這樣？怎麼好像什麼都記不起？

我真的很害怕！很害怕！

究竟發生了什麼事？

頭很痛！

昨晚少如和一班朋友替我慶祝生日……怎麼會什麼都記不起來？

今早醒來，自己竟然沒穿衣服！

我真的好驚！

媽媽！我不知如何是好！

媽媽，我想我是被人……

我該怎辦？

報警嗎？但連我自己也不知發生了什麼事啊！

媽媽，你知道我很需要你嗎？

你教我如何是好？

我猜這篇日記是少女邊哭邊寫的，所以留下曾經濕透的痕迹。

我再翻看後一篇。

九月四日　星期三　雨

原來是那班賤人！那班賤人！他們全都是賤人！

我一直當少如是好朋友，她竟然出賣我！

他們竟用迷藥把我迷暈，把我……

媽，我可以怎樣？我真的好怕啊！我也恨自己！

媽，可以的話，好想你帶我走，帶我離開這個醜惡的世界……

車子進入上水市區，我趕緊翻到下一頁。

九月六日　星期五　陰

那個賤人竟然拍下了照片，還來要脅我！要我再跟他……

他說我報警就會讓所有同學朋友都看到照片。

原來那天晚上竟然是三個人！竟然是三個人！

萬一他們真的把相傳開了……

媽，你可以帶我離開這醜惡的地方嗎……

相信快要到護老院，我沒有細看下去就再往後翻，下一篇是一星期後的事。

九月十三日　星期五　陰

那衰人又來要脅我！

他說除非他死了，否則我永遠屬於他！

媽，在你帶我離開前，你可以把他先帶到地獄去嗎？

的士停下來，我往窗外一看，慈福護老院就在眼前。洪晶在護老院旁邊向我招手。

「這裏可以看到她。」洪晶低聲說。

這間護老院看來不太大，倒很清幽，正面前是個小花園，四周用鐵柵欄圍着，鐵柵欄上種滿攀緣植物，此刻剛好作為掩護之用。

透過鐵柵欄的空隙，看到幾個坐輪椅的婆婆，陽光照射在她們身上，卻感覺不到半點生氣，她們各自低着頭，也不知道是在發愣，還是打盹，似乎跟身邊一切毫無瓜葛。

少女蹲在一部輪椅前，向婆婆説話，但對方目光呆滯，只看着前方約一米處。少女忽然伏在婆婆膝上，身體不時抽動，似乎在抽泣。

「兩位找誰？」一把很大的聲音打破了寧靜的氣氛，像要把全世界喚醒。

3

小花園中的老人稍微抬頭，向我這邊看一眼，又回到自己的世界去。

喚醒世界的是個身穿白色制服的護老院職員，當看到她的身形，就不會覺得她發出的聲音太大。

少女抬起頭來，循着女職員的目光發現了我們。

「你們不是墳場那些人嗎？」少女向我們大叫，同時要起身逃跑。

我跑到大閘前擋着出口，少女轉身往護老院內跑去。我推開沒上鎖的大閘追上去，中途閃身避過想攔阻我的女職員。但洪晶卻給她纏住了。

少女沿着樓梯向上跑，直跑到三樓天台的邊緣。

「你不要過來，否則我跳下去。」少女回身喊道。

「心靜，你小心點啊！」女職員在地面仰臉呼叫。

「我沒有惡意的，你先冷靜點。」我向後退了一步。

此時，少女發現我手上拿着日記本，情緒更激動。「你幹嗎偷了我的日記？這是我留給媽媽的！為什麼你們不可以放過我！連我留給媽媽的東西也要拿走！」

「請你先冷靜點，我來是想幫你的！」我心裏真想能幫她。

「我不要聽！你們全是壞人，全都是欺負我的！」少女有點歇斯底里。

「抱歉拿了你的日記，要不我先把它還給你吧。」我慢慢向前踏出一步，向她遞上日記。

「站着！把日記放在地上推過來！」少女斥喝道。

我只能聽從。少女拿起日記時，我說：「我知道不是你的錯，相信你媽媽也希望我能盡力幫助你！」

「沒有人能幫我的！太遲了……」少女痛哭起來。

「不會太遲的，我相信你媽媽也希望你以後的日子

活得幸福。」

「我哪會幸福？落得這田地，哪還會幸福……」

「你媽會保佑你，她那麼愛你……一定會幫助你的。」

「媽媽不在了，她幫不了我。」

「我剛才在你媽的墓前，曾答應她，我會盡力幫助你。」

「我不認識你，你為什麼要幫助我？你是誰？」

「因為我知道不是你的錯。我是記者，我相信世上有公義，所以我想幫你，請你相信我。」

「你怎能幫我？你又不是法官！我殺了人！那伙壞人……那伙壞人……那些照片……很快所有人都會看到，所有人都會看到！」少女的情緒激動起來，向天台邊緣再走近半步。

「不會有人看到照片的，那人已經死了，照片不可能流傳出去。」

「還有另外兩個人啊！他們會把照片給全世界看！」少女反而向我踏前了半步，似乎極不認同我的說法。但不要緊，最少她比剛才安全一點。

「或許他們手上根本沒有照片，他們也沒膽量把自己做過的壞事讓人知道吧。如果他們要發放照片，為什麼到今天還沒有做？」

少女聽到我這麼一說，似乎在思考，後又癱瘓地坐下來：「可是我真的殺了人！」

我在她對面坐下來，問：「可以告訴我當晚發生了什麼事嗎？」

少女空洞的眼神看着我頭上的半空，沒有焦點。

猛烈的陽光忽然被飄過的雲朵遮擋了，讓大地一切稍為降溫，包括少女的情緒。

「我真的累了，你就讓我在這裏跳下去吧！我很掛念媽媽。」少女的眼神透着絕望。

「你猜媽媽會想你這樣見她嗎？」

少女搖搖頭，把頭埋在兩膝之間，身體開始抽搐起來：「那我究竟可以怎樣？」

此時撲過去，應該可以把她拉回來。

「我一定會盡力幫你的。那天晚上發生了什麼事？」最後，我還是決定坐着不動。我希望能説服她自己走過來。

少女的情緒慢慢平復，她抬起頭，空洞的眼神再停在我頭頂的半空。良久，四周只有微風吹過樹葉而發出的沙沙聲。

時間凝住了似的，過了漫長的幾分鐘，少女的目光落到我和她之間地上的幾隻螞蟻。

螞蟻正忙碌於搬運食物，其中一隻抬着食物的零碎從我的右邊走向左邊，途中遇上同伴，就互碰了幾下，又各自繼續原來的方向前行，彼此漸漸走遠。

「你知道牠們為什麼要互相碰幾下嗎？」

冷不防少女問起昆蟲行為的問題，我頓時語塞。

少女自言自語地道：「小時候，媽媽告訴我因為螞蟻要抬着食物走很遠的路，所以遇上同伴都會彼此關心，説些互相支持的話，鼓勵對方繼續走下去的。」

我見機不可失，插嘴道：「如果你媽媽還在，她會鼓勵你繼續走下去。」

少女沒有回應，仍看着地上的螞蟻忙碌地來來往往，交頭接耳，互相鼓勵。

綿花糖般的雲朵飄遠了，熾烈的陽光照在我們身上，我擔心會把少女的情緒升溫。

「那天晚上，那個衰人……」少女只說了幾個字就停下來，似乎在儲蓄勇氣，又或是在想該如何說。

我不敢打擾，用眼神鼓勵她。

「就是三人中其中的一個……

「他一身酒氣的跑來我家，手上還拿着幾罐啤酒，硬要我跟他……我不肯，把他推開，我很驚，逃了出來直跑到天台。他跟着來了，我爬到隔鄰的天台……給他捉着，我拚命掙扎，掙脫了，退到天台的邊緣……他撲過來，我躲避，把他推開，他撲了個空……給我一推……衝力太猛，就掉了下去。」少女說來斷斷續續，我感受到她猶有餘悸。

「他掉了下去，最初的一刻我很害怕，但很快就感到這是一種解脫。他不是說過除非他死了，我才能擺脫他嗎？現在他真的死了，那不是很好嗎？」少女苦笑一聲，目光從地上的螞蟻回到我頭上的半空。

「殺了他後，我便躲在天台的暗角，等待警察到來。但我忽然想到這樣坐牢實在不值，況且還有兩個壞人逍遙法外，於是我跑回家寫了一封遺書，連同那人帶來的啤酒放在天台，造成他自殺的模樣。」少女的目光重新落到螞蟻身上。

「心靜，你根本沒有殺他。你只是逃避他的侵犯。」我想，稱呼名字會讓她感到我是站在她的一方。

「但他是給我推下去的！」心靜肯定地說。

警笛聲從遠處傳來，我說：「心靜，如果媽媽此刻在你身邊，她會想你好好活下去嗎？」

「媽媽離世前最後的一句話，就是要我好好地生活，好好照顧外婆，可是我卻活得這樣糟。我殺了人，坐牢的話就再沒有人探望外婆。我沒顏面見媽媽。」

「這不是你的錯，你已經盡力了，你答應了媽媽會

好好生活下去的，不要放棄。心靜，我認識一些律師朋友，我會盡力幫你，你會沒事的。」

「我真的會沒事嗎？」我不曉得她是開始相信我的話，還是因為完全不信的反問，「已經不重要了吧。事到如今，已沒有什麼值得我在乎。你説得對，媽媽不想我這樣去見她的，她喜歡我堅強一點。」

我開始聽到急速的腳步聲和嘈雜的人聲。

「無論如何，我會盡力幫助你。」我向心靜承諾。

拍下少女被警方帶走的獨家照片，按下快門的一刻，我的心像被巨大的旋渦捲進太平洋深處。

「所有人都會在報章上見到我的樣子？」心靜被女警帶着經過我身邊時問。

「只會見到你的身影，我會盡力保護你、幫助你，因為我答應過你媽。」

心靜點點頭，就被女警帶上警車。

行家陸續到來，但載着心靜的警車已離開。未幾，朱肇昌來了，甫看見我，他就顯得有點不悅。

「真不明白，為何你每次都這樣好運氣！」朱肇昌走過來，說的時候雙手叉着腰，令我想起夢境中站在課室黑板前的他。

我正要開口，他搶着說：「你別得意，下次我一定不會輸給你！」

「其實沒有所謂的輸贏吧，有些事情我是無法做到的，還得靠你幫忙。」

聽到我這樣說，他的面色稍為緩和。

「希望你能把侵犯心靜的人繩之於法。」我說。

「這是我的分內事，我一定會做，不用你操心。」雖然沒有半點感情，卻說得十分肯定，朱肇昌的正義

感跟他的好勝心一樣強烈。沒等我再回話，他就回去專注於現場的工作。

一整夜沒有睡，此時才感累透，我把拍了的膠捲留下給同事，和洪晶乘的士離開。

「現在可以告訴我，為何昨晚要製造那張現場照片嗎？」的士剛開動，洪晶就問。

「在光仔的畫上看見天台的女子，我以為是謀殺案，但我不是警察，沒把握會令兇手承認殺人，所以希望利用那照片讓兇手相信我手上有證據，使她沒法抵賴。可是，一切都超出我的估計 。」

「心靜會被判罪嗎？」

「不知道，我能做到的就是將真相報道出來，我不能代替法官……但我仍相信世上有公義。」

我倆都沒再說話，車廂內傳來鄭敬基和黃寶欣合唱的《酒杯敲鋼琴》前奏音樂，我合上眼睛……

4

「對，就是這樣，可以再放鬆一點。對，很好！很美！」

「這樣可以麼？」

「把頭抬高一點。對！很好！」

燕的表現較一些模特兒還好。她今天化了淡妝，身穿白色連身裙，透過鏡頭看她，真像天使。

今天石澳的景色特別美。

「真感謝你！」從開始拍攝到現在，燕已說了第五次。

「不用客氣啊！希望你會被選上參與舞台劇的演出。到時我一定來捧場。」

「謝謝你！」這是第六次。

「除了謝謝，你還有其他的話嗎？」

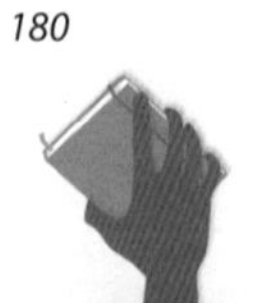

「那好吧，最近大記者在採訪什麼大新聞？」

「自從那青年離奇墮樓案真相大白之後，沒什麼特別的新聞。」

「那少女現在怎樣了？」

「你說心靜？案件在排期審訊中，我的律師朋友很樂觀，認為心靜應不會被判罪。」

「那就好了，她實在可憐。」

「有時我也不明白中國人那句『福無雙至，禍不單行』是箴言還是咒詛。父母因交通意外一同離世，那種傷痛和捨不得，光想想已叫人難受。現在還遇到這樣的事。」

「沒有父母的日子，她是如何度過……」我分不清燕是在問我，還是自言自語。

「幸好她的父母買了保險，賠償額雖然不多，但心靜的生活總算有着落。父母離開後，她無法獨力照顧婆婆，惟有把她送到護老院。心靜自理生活，繼續學業，放假就到上水探望婆婆。她跟父母的關係親密，尤其是母親；所以有空就會拿着日記簿到父母的墓前讀日記給他們聽。她是個很堅強，卻很孤獨的女孩。」

「希望有機會認識她。」

「待事情完結後，我和你去探望她，好嗎？」

「好啊。」

一陣輕風吹來，燕的頭髮隨風揚起，我趕緊按下快門。燕輕輕把頭髮理順，問：「光仔近來好嗎？」

她總是關心別人，無論認識的或是不認識的。

「我託社會服務版的同事幫忙，替他們找到一個租金很便宜的單位，應該過幾天就可以搬家。」

「阿康不追蹤新聞的時候，像一位社工。」燕的雙

眼又瞇成彎月。

我按下快門，把這張美麗的臉孔拍下來。